Draußenkind

Wolfgang Brammen

Draußenkind

Erzählung über eine Kindheit
in ungewöhnlicher Zeit

Bibliographische Information der Deutschen Nationalbibliothek
Die Deutsche Nationalbibliothek verzeichnet diese Publikation
in der Deutschen Nationalbibliographie; detaillierte bibliographische
Daten sind im Internet über http://dnb.d-nb.de abrufbar.

© 2012 Wolfgang Brammen
Umschlagdesign, Herstellung und Verlag:
Books on Demand GmbH, Norderstedt
Titelfoto: Jutta Rotter / aboutpixel.de
Text in alter Rechtschreibung
ISBN 978-3-8448-3235-8

„Das Land, das lange dauert, ehe es versinkt."

(So beschrieb Georg Heym die Zeit der Kindheit und Jugend.
Am 16. Januar 1912 ertrank er beim Schlittschuhlaufen in der
Havel, wurde nur 24 Jahre alt. Bis heute gilt er als eine der hoff-
nungsvollsten deutschsprachigen lyrischen Stimmen des angehenden
zwanzigsten Jahrhunderts.)

Für Inge, meine Frau, die mir
gab, die mir gibt, was niemand sonst
mir zu geben je vermochte noch vermag.

Vorwort

Ab wann beginnt das Leben? Menschliches Leben. Nicht jenes, das noch immer Gegenstand heftiger Auseinandersetzungen ist und es wohl auch bleiben wird. Ob es nämlich der Augenblick ist, bei dem es zur Vereinigung von Ei und Samenzelle kommt oder doch erst eine bestimmte Anzahl von Tagen oder Wochen danach. Darüber streiten sich Ärzte und Wissenschaftler, Theologen und Philosophen und noch andere gescheite Leute schon seit Ewigkeiten. Um dieses Leben, den biologischen Anfang der menschlichen Existenz, soll es hier nicht gehen. Nein, in dieser vollständig unwissenschaftlichen Erzählung wird der Start des Menschseins auf jenen magischen Zeitraum, auf jene Momente, auf jene Tage verlegt, an die sich der junge Erdenbürger später als erstes wird erinnern können. Und das geschieht schon ziemlich früh im jungen Leben, welches sich da zu entwickeln anschickt, viel früher, als sich der spätere Erwachsene beim Anblick herumtollender Kinder vorzustellen vermag, obwohl er es eigentlich besser wissen müßte. Doch das vergißt oder verdrängt er meist bald; indes immer nur so lange, bis ihn sein Gedächtnis, dieses wundersame, phantastische Gebilde, jenes einzigartige, unglaubliche Organ, über das nur der Mensch in dieser Form verfügt, erneut und oft unvermittelt in die frühen Tage seines Lebens zurückführt.

Simon beginnt, obwohl er das natürlich nicht ahnen, erst recht nicht planen kann, sich Dinge zu merken im Alter von drei Jahren, vielleicht schon etwas früher, vielleicht schon ein paar Monate vor dem dritten Geburtstag. Später wird er das zwar atemlos nachzuvollziehen und zu begreifen versuchen, es auch schließlich akzeptieren, weil es sich so zugetragen hat, sich jedoch beim Anblick Dreijähriger dazu zwingen müssen, daran zu glauben, daß der Winzling dort drüben sich vielleicht genau an das erinnern wird, was gerade um ihn herum geschieht, womöglich sogar an das, was Simon ihm in diesem Augenblick sagt oder mit ihm anstellt.

An Wald erinnert sich Simon wohl als erstes, an dichten, hohen, zuweilen auch düsteren, doch nie ängstigenden Wald. Auch an Menschen um ihn herum, nicht sehr viele, meist Erwachsene, sie hatten zunächst keine Gesichter, die er zuordnen konnte; an kaum ein Kind, an keinen Spielgefährten erinnert er sich, jedenfalls nicht in dieser ersten Zeit. Nicht einmal die Mutter sieht er genau vor sich, nur ein weißes Gesicht, helle Haare, nicht kurz, nicht lang, Haare eben, wie sie zu allen Köpfen gehören, die in seiner Nähe sind.

An die Geschwister, an die Schwester, an den Bruder, wird er sich zum ersten Mal erinnern, nachdem er noch einige Monate älter geworden ist. Hilde ist ein paar Jahre älter, auch Werner, doch von ihnen weiß er eine Zeitlang kaum etwas, das er irgendwie einordnen könnte, während sich andere Dinge ihm einprägen. Es taucht ein Mann auf, den er noch nicht kennt, der ihm nicht vertraut ist. Mit ihm kommt er nicht so gut aus, der Mann ist ihm fremd, mischt sich in alles ein, was er tut. Am Ende sagt Simon ihm, daß er wieder gehen soll, sagt ihm das ein paarmal, fragt den Mann aufgebracht, warum er überhaupt hergekommen sei. Es ist der Vater, der aus dem Krieg auf einen kurzen Heimaturlaub angereist ist und Simon erst zum zweiten Mal sieht. Doch davon erfährt Simon erst viel später.

Der Wald ist nicht weit weg von den Häusern, um die er herumläuft und manchmal auch ins dunkle, kühle Innere von ihnen. Einige Bäume reichen fast bis an die größten Häuser heran, die ganz außen stehen. Die meisten Gesichter, in die er schaut, sind anders, sind runzliger als die von Marie und Hansi, mit denen er nun manchmal spielt, auch Mutters Gesicht unterscheidet sich von den runzligen Gesichtern, ist weißer und glatter. Spielsachen hat er keine, vertreibt sich die Zeit meist zwischen den Häusern, erkundet sie und die umliegenden Wiesen mit ihren Bäumen, unter denen zertretene Äpfel liegen. Ein Messer, das er draußen findet, will er nicht hergeben, hält es fest am Griff, und als die Mutter es ihm wegnehmen will, reißt er das Messer an sich. Die Mutter blutet an der Hand, zum ersten Mal hat er das Gefühl, etwas getan zu haben, was nicht gut ist, man schimpft mit ihm, redet auf ihn ein, er läuft davon, versteckt sich lange in einem Schuppen, denkt an die Mutter und daran, ob ihr wehtut, was er getan hat.

Manchmal laufen die Leute schneller als üblich über den Hof und zwischen den Häusern hin und her. Simon hört Stimmen, die sonst kaum zu hören sind, laute Stimmen, viele helle Stimmen darunter, Stimmen von Frauen. Meist ist er alleine unterwegs, Marie und Hansi wohnen nebenan oder fast nebenan. Marie ist größer als Hansi, sagt ihm, was er machen soll. Simon kennt keine Langeweile, immer geht er einer Sache nach. Immer gibt es etwas zu sehen, etwas zu finden, irgendein Geräusch, einen Geruch, und er wird erst dann ruhig, wenn er weiß, warum das alles so ist um ihn herum.

Plötzlich sind viele Männer da, fremde Männer, die dunkle Sachen anhaben, dunkle, dunkelgrüne, mit silbrigen Knöpfen dran. Sie haben grüne Helme auf dem Kopf, als sie ankommen, dann sind die Helme weg, jetzt sieht Simon grüne Mützen, manche Männer haben gar nichts mehr auf dem Kopf. In der Nähe vom Haus sitzen und liegen sie im Gras, unter Bäumen, auch ein paar Stühle sind da. Die Männer sind freundlich, sprechen mit Simon, ein paar fassen ihn an, aber nicht fest, einer hebt ihn kurz hoch, wirft ihn in die Luft und fängt ihn wieder auf. Als er mal wieder zu ihnen läuft, sitzen die Männer zusammen, sie singen, einer von ihnen macht Musik mit einer Ziehharmonika, er sitzt auf einem Stuhl. Ein paar Männer tanzen, sie sind lauter als vorher, es ist dunkel geworden, einer der Männer weint. Simon hat noch keinen großen Mann weinen sehen, doch dieser weint ziemlich laut, mit richtigen Tränen, die über sein Gesicht laufen. Um alles genau zu sehen, tritt Simon nah zu den Männern hin, wie er das immer macht, wenn er etwas nicht sofort begreift. Da tritt ihm einer der tanzenden Männer auf den Fuß, der Mann ist schwer, Simon weint vor Schmerz. Der Mann beugt sich über ihn, viele Männer sind bei ihm, sie trösten ihn, am meisten der, der ihm auf den Fuß getreten ist. Nun spürt er den Riemen der Ziehharmonika über dem Rücken, die Männer haben sie ihm übergestreift, stützen ihn, damit er unter dem Gewicht nicht nach vorn fällt. Später denkt Simon noch lange an den Mann, der geweint hat. Er tut ihm leid, und er findet keine Antwort darauf, warum der Mann weinte. (*Simon wird den weinenden Mann sein ganzes Leben lang ganz besonders in Erinnerung behalten.*)

Manchmal sind alle Leute im Keller, der zu einer Seite ein paar Fenster hat, ziemlich kleine und schmale, die dicht über der Erde liegen. Einmal ist es draußen ganz dunkel, Simon steht auf einer Kiste, schaut durch eines der Fenster hinaus. Ziemlich weit weg sieht er Flammen, die aus Rohren rauskommen, die noch dunkler als der Himmel sind, gerade auf das Haus zu, sieht, wie die Rohre ganz vorne, wo die Flammen sind, in den Himmel hochspringen, gleichzeitig kracht es so laut, wie er es vorher noch nie gehört hat. Im Keller ist es auch ziemlich düster, nur wenig Licht, die Menschen reden durcheinander, einige schauen ebenfalls zu den Flammen rüber, auf einmal ist eines der Fenster offen und Simon klettert ins Freie, läuft zu den Rohren mit den Flammen. Viele Männer hantieren an den dunklen Rohren, die an beiden Seiten große Räder haben und jetzt, als er näherkommt, viel riesiger aussehen als vom Kellerfenster aus. Die Männer haben wieder die grünen Helme auf, erkennen kann er aber keinen von ihnen, auch den mit der Ziehharmonika nicht. Und der ihm auf den Fuß trat, ist auch nicht darunter. Doch Simon kann auch nicht gut sehen, dunkle Gestalten rennen hin und her, stecken hinten in die Rohre schwarze Stücke rein, sehen aus wie die kleinen Holzstücke, die an der Hauswand gestapelt sind, und sofort kommt eine neue Flamme aus dem Rohr raus, das dann wieder nach oben springt, so hoch, daß meistens sogar die Räder vom Boden mit hochspringen. Die Männer schreien untereinander, aber Simon kann sie nicht richtig hören, denn die Flammen machen jedesmal einen solchen Krach, daß es ihm in den Ohren wehtut. Eine ganze Reihe von den schwarzen Maschinen, die alle so ein Rohr haben, sieht er, sie stehen nebeneinander und hören nicht auf, mit lautem Knall hochzuspringen und vorne Flammen rauszulassen. Auf einmal spürt er einen Griff am Arm, und als er hochschaut, sieht er in das Gesicht eines der Männer, den er schon beobachtet hat, wie er den anderen Männern was zuschreit und mit den Armen winkt. Der Mann zieht ihn weg, zur Seite, alles Sträuben Simons nutzt nichts, der Mann ist stärker, Simon gibt nach, und dann sind sie bald am Haus, wo die Mutter rausläuft, seine Hand ergreift und mit ihm schimpft.

Wieder ist Simon im Keller, mit vielen Leuten, die Mutter ist auch dabei. Alle schauen oft durch die Fenster nach draußen, auch Simon steigt mal auf die Kiste. Was soll da denn sein? Er kann nichts Besonderes sehen. Alle reden zusammen, viele Frauen reden zusammen, um Simon kümmert sich keiner. Irgendwann wird es ruhig im Keller, Simon hört etwas, läuft aus dem Keller, bis zur Treppe, die nach draußen raufgeht, er ist ganz allein, draußen muß irgendwas sein, im Keller ist alles still, aber draußen brummt etwas, vorher hat es mehrere laute Knalle gegeben, ziemlich komisch kommt ihm das alles vor, weil die Leute im Keller ruhig sind, keiner läuft zu ihm hin, obwohl er sie durch den langen Gang sehen kann. Dann geht die Tür oben langsam auf und ein Mann mit ganz schwarzem Gesicht, der auch einen Helm aufhat, schaut zu ihm runter. Simon hat keine Angst vor dem schwarzen Gesicht, das zu ihm runtersieht.

„Salat?" fragt Simon die Treppe rauf, zu dem schwarzen Gesicht hin, „Salat?" (*Das Wort „Soldat" kann Simon noch nicht richtig sprechen; die Mutter wird ihm später davon erzählen.*) Dann sieht er weiße Zähne in dem schwarzen Gesicht, ganz weiße, große Zähne, denn der Mann lacht, lacht zu Simon die Treppe runter. Simon hat auch gelacht, noch bevor das schwarze Gesicht lacht, das weiß er genau. Noch nie hat er vorher so ein schwarzes Gesicht gesehen. Der schwarze Mann sieht weg von ihm, schreit etwas nach hinten, winkt nach hinten. Dann sind viele Männer da, die so ähnlich wie die Männer aussehen, von denen einer Simon auf den Fuß getreten hat, und noch ein paar Männer mehr mit schwarzen Gesichtern sind darunter. Simon kriegt von ihnen ganz viel Schokolade, auch kleine, weiße Plätzchen drücken sie ihm in die Hand, sogar in den Mund. Sie schmecken süß, und Simon kaut auf ihnen herum, genauso, wie es die Männer auch machen. Kaugummi

13

ist das, sagt die Mutter, und er soll es auf keinen Fall runterschlucken, auf keinen Fall. Ein paar große, dunkle Maschinen haben die Männer mitgebracht, die laut brummen. Lange Rohre schauen aus ihnen raus, und die Männer arbeiten an den Maschinen. Als Simon näher hingeht, spürt er eine starke Wärme, wie bei der Maschine, auf der er bei einem alten Mann mal sitzen durfte. Doch die Maschinen von den Männern hier sind anders, größer, fast bekommt Simon Angst vor ihnen. Beim Herumlaufen fällt er hin, fällt in einen Graben, den die Maschinen mit ihren Rädern gemacht haben, komische Räder, ganz lang sind sie, mit Zacken oben drauf. Als die Männer wieder weg sind, ist Simon traurig. Es gibt keine Schokolade mehr und auch kein Kaugummi, immer war was zu sehen bei den Männern, besonders bei denen mit den schwarzen Gesichtern. Weiter draußen liegen große, glänzende Rohre und auch ein paar kleine im Gras; als er noch mal hingeht, sind sie nicht mehr da.

Der Weg ist ganz steil, den sie mit dem Wagen hochfahren, der von zwei Pferden gezogen wird. Simon darf mit draufsitzen, ganz vorne, wo der Mann ist, der lenkt. Viele Sachen sind auf dem Wagen, von denen Simon schon viele kennt, mit denen sie jetzt wegfahren, den steilen Berg rauf, zu einem großen Haus hin mit vielen Bäumen daneben. Hinter dem Wagen gehen Leute, die mit den Händen den Wagen schieben und sich anstrengen. Auch die Pferde müssen sich anstrengen, denn Simon hört sie ordentlich schnaufen. Es ist nicht kalt auf dem Wagen, und es regnet nicht, auch wenn Simon nicht böse auf Tropfen ist, die er ins Gesicht bekommt, wie einmal, als er wieder zu lange draußen geblieben ist. Das neue Haus ist nicht viel anders als das Haus, von dem sie weggefahren sind, auch das Haus gleich daneben. Es geht eine Treppe rauf, sie wohnen oben, und sein kleines Bett steht ziemlich dicht am Fenster.

Das neue Haus gefällt Simon, auch wenn der Wald jetzt weiter weg ist. Aber am Haus sind auch ein paar große Bäume, um die er schnell herumlaufen kann. Es gibt noch mehr Häuser, aber wenn er zu denen hinwill, muß er rauflaufen, bis zum Weg, dann noch weiter, denn die sind ziemlich weit weg. Auch das Haus neben seinem Haus gefällt Simon, aber eigentlich ist er lieber an dem Haus, wo er die Treppe raufmuß, wenn er zur Mutter will.

Simon ist ein paarmal wütend, denn er hat ins Bett gemacht, obwohl er nichts dafür kann. Da ist eine Rinne, wenn man da reinmacht, läuft das gelbe Wasser zu einer Seite und ist weg. Dann ist es auf einmal ganz warm um ihn rum, er liegt im Bett, keine Rinne, nirgends eine zu sehen. Die Mutter schimpft nicht mit ihm, holt ihn aus dem nassen Bett raus, macht alles weg. Einmal ist er draußen, auf der Wiese, er muß mal groß, das geht ganz leicht, ist richtig schön, daß sein Bauch jetzt nicht mehr drückt wie vorher. Aber was ist das? Ist er nicht draußen, warum ist er im Bett? Jetzt schimpft die Mutter mit ihm. Simon will nicht aus dem Bett raus, das naß und warm ist, er schämt sich ein bißchen. Die Mutter schimpft weiter, Simon ist wütend, sagt zur Mutter, daß er bis an den Himmel kackt, wenn sie nicht zu schimpfen aufhört. *(Die Mutter wird von dieser Begebenheit später oft erzählen, auch vor Fremden, was Simon immer etwas peinlich sein wird, weil er sich besonders genau daran erinnern kann, was er gesagt hat.)*

Im Haus daneben wohnt ein Mädchen, eigentlich wohnt noch eins da, aber er spielt immer nur mit dem einen Mädchen. Das heißt Sonja, ist so groß wie er selbst, das andere Mädchen ist Helga, aber mit ihr spielt er nicht, oder wenn doch, dann nur ganz selten. Helga ist anders, irgendwie, mit Sonja spielt er viel lieber. Wenn Simon draußen rumrennt, sind da oft große Leute, ein Mann, der immer einen Stock mithat, und eine Frau, beide gehören zu dem Haus, in dem Simon sein Bettchen hat, wo auch die Mutter ist und Hilde und Werner. Vor Sonjas Haus trifft Simon oft eine laute Frau, die immer mit ihm redet, das ist die Mutter von Sonja und Helga. Sie heißt Erna, nimmt ihn oft hoch und auf den Arm. Manchmal sieht Simon auch einen Mann vor dem Haus von Sonja, das ist Heinz, und der ist der Vater von Sonja und Helga. Den mag Simon besonders, weil der ihn meistens in Ruhe läßt und nicht so laut schreit wie Erna. Simons Mutter schreit auch nicht, manchmal weiß er nicht, wo er sie suchen soll, wenn er draußen vor dem Haus oder bei den Bäumen spielt.

Sonja ist seine Freundin, mit ihr spielt er, wenn er sie draußen sieht. Meistens sind sie draußen, vor den Häusern oder auf der großen Wiese neben den großen Bäumen. Die Wiese ist wirklich groß, man kann sie runterlaufen bis dahin, wo der Wald anfängt. Da hat sich Simon schon mal nasse Füße geholt, weil da ein Bach ist, nur ein kleiner, aber Simon hat reingetreten und Sonja auch. Wieder kommt der Mann, den Simon schon mal gesehen hat, bei den anderen Häusern, wo bei den Rohren vorne das Feuer rauskam und wo das schwarze Gesicht von oben auf ihn runtergesehen hat. Simon mag den Mann nicht so richtig, obwohl der jetzt nett zu ihm ist und viel mit ihm redet. Er ist sein Vater, der jetzt dableiben will, aber dann ist er doch wieder oft weg, und Simon vermißt ihn nicht, wenn er nicht da ist. Lieber ist ihm Heinz, der Vater von Sonja. Der ist oft da und läßt ihn fast immer in Ruhe.

Die Leute unter ihnen haben einen ziemlich großen Hund, der bellt nie, kommt nicht zu Simon hin, sondern er muß zu ihm gehen, dann läßt er sich streicheln. Simon hat keine Angst vor dem Hund, eher ist es umgekehrt. Die Schafe auf der Wiese lassen sich nicht streicheln, sondern laufen weg, wenn Simon hinter ihnen herrennt. An der Rückseite vom Haus, eigentlich überall, laufen Hühner rum, die laut schreien, wenn Simon sie jagt, aber er will ihnen nichts tun, nur mit ihnen laufen. Da unten, auf der Rückseite vom Haus, geht Simon hin, wenn er mal groß muß. Da sitzt er dann ganz lange, auch wenn er schon lange fertig ist, und guckt sich die Gegend an. Die Tür macht er nie zu, weil es dann ziemlich dunkel um ihn wird. Er läßt sie lieber ganz weit offen und beobachtet die Wiese bis zum Bach runter und rauf durch den Wald bis zu dem Weg auf der anderen Seite, wo manchmal Kühe oder auch mal ein paar Leute gehen. Simon sitzt gerne auf dem Abtritt, große Papierbögen liegen da mit Bildern und anderen Sachen drauf, mit denen Simon aber nicht viel anfangen kann. Das Haus daneben, wo Sonja wohnt, hat einen eigenen Abtritt, und Sonja geht meistens auf ihren eigenen Abtritt, wo sie oben reingeht und sich draufsetzt. Dann hört Simon oft, wie alles runterfällt, was bei Sonja unten rauskommt. Manchmal geht sie aber auch auf Simons Abtritt, manchmal nach ihm, oder auch alleine, wenn Simon nicht muß. Dann sieht er Sonja zu, wenn sie da sitzt und sie erzählen sich was. Simon geht lieber auf seinen Abtritt, der ist schöner als der von Sonjas Haus, eigentlich ist er nie auf Sonjas Abtritt gegangen.

Der Hund von den Leuten unter ihnen heißt Senta und hat immer noch viel Angst. Wenn Simon zu ihm läuft, duckt er sich an die Hauswand, auch wenn er ihn streichelt. Manchmal ist Simon wütend auf Sonja, weil sie ihm was kaputtgemacht hat, dann schlägt er nach ihr, doch sie läuft meistens schnell weg in ihr Haus rein zu Erna. Ein paarmal, wenn Simon sie nicht mehr erwischen kann, rennt er ihr nach, bis in das Haus rein, wo Erna ist, und da kriegt er Sonja meistens und haut sie ein paarmal. Dann rennt Simon schnell wieder raus, damit ihn Erna nicht festhalten kann. Gerne lutscht er am Daumen, wenn er nichts anderes gerade machen kann, er saugt oft ganz fest an ihm. Die Mutter meint, daß er das nicht machen soll, doch er hört nicht immer auf sie. Sonja lutscht auch am Daumen, sie hat noch einen langen, schwarzen Strumpf dabei, an dem sie mit der anderen Hand rauf- und runterreibt. Auf der Rückseite vom Haus, wo der Abtritt ist, finden sie einen großen Korb, in dem sie spielen. Sonja schreit ganz laut, und Simon sieht, daß auf einmal auf einem von Sonjas Füßen eine große Beule oben drauf ist. Mit einer Zange zieht der Vater, der wieder mal da ist und Sonja hingelegt hat, eine lange Nadel von unten aus dem Fuß, und Sonja schreit die ganze Zeit.

Mit den Schafen und den Hühnern kann Simon nicht spielen, mit den Kaninchen auch nicht, die in ihren Ställen sitzen und Gras und Heu fressen und sich nicht anfassen lassen, aber mit Pussie macht das viel Spaß. Sie gehört ihm und ist die schönste Katze, die er gesehen hat, ganz schwarz, mit glänzendem Fell, nur ihre Pfoten sind weiß, sehen aus wie weiße Strümpfe, und auf dem Kopf hat sie vorne eine weiße Stelle, sonst ist sie ganz schwarz. Pussie schleicht Simon an, wenn er sich versteckt und mit Grasbüscheln wackelt. Dann springt sie im hohen Bogen auf seine Hand, ganz wild, und dann wälzt sich Simon mit ihr über die Erde und durch das Gras. Kratzen tut Pussie ihn nicht, obwohl sie das könnte, denn sie hat spitze Krallen. Dann ist Pussie tot, sie liegt im Keller, hat Gift gefressen, das der Mann unter ihnen dahingetan hat. Rattengift, sagt die Mutter, das sei Rattengift gewesen. Simon weint stundenlang, er ist böse auf den Mann, kann nicht verstehen, warum er Pussie totgemacht hat. Pussie liegt da, tot, bewegt sich nicht mehr. Sie bekommt ein Grab am Rand vom Garten, einer hat es gegraben, da wird sie reingelegt und Erde darüber gemacht, mit einem kleinen Kreuz darauf. Simon geht Pussie oft besuchen, rückt das kleine Kreuz grade, wenn es schief steht. Ein paarmal muß er noch weinen, wenn er ihr Grab sieht.

Simon mag den Mann unter ihnen nicht, der war schon immer so komisch, er schimpft oft, auch wenn keiner bei ihm ist. Und wenn er auf dem Weg mal stolpert, dreht er sich um, haut mit seinem Stock auf die Steine und schimpft auch mit ihnen. Ihm gehören die Hühner, die sich überall herumtreiben. Einmal schreien die Hühner wie toll, und dann nimmt der Habicht eins von ihnen mit, kommt kaum hoch mit dem Huhn, das noch ein bißchen zappelt, dann aber ruhig ist. Der Mann kommt zu spät, schimpft dem Habicht hinterher und droht ihm mit dem Stock, doch der ist schon bald weit weg. Simon freut sich, daß der Habicht dem Mann das Huhn weggenommen hat, das tut der noch paarmal, doch jedesmal, wenn Simon das sieht, hat er auch ein bißchen Angst vor dem großen schwarzen Vogel. Aber heimlich hält er immer mit dem Habicht. Auf der anderen Seite vom Tal, die er immer beobachtet, wenn er auf dem Abtritt sitzt, findet er mit Sonja Federn und dünne Knochen. Das muß der Habicht vielleicht übriggelassen haben von den Hühnern, die er sich holt.

Von dem Holzbock aus, der unter seinem Lieblingsbaum steht, den er von seinem Bett am Fenster aus sieht, kann er den untersten Ast packen und raufklettern. Die Äste stehen weit ab, und er kann sich richtig auf einen Ast setzen und die Füße auf den Ast darunter stellen. Durch die Blätter ist die Hauswand gut zu sehen, hinter der sie wohnen. Höher traut er sich den Baum noch nicht rauf. Sonja kommt auch bald mit auf den Baum, aber nicht immer. Ihr Kleid kriegt Flecken vom Klettern, und ihre Mutter hat sie deswegen ausgeschimpft, ein Loch riß sie auch schon rein, danach durfte Sonja einen Tag lang nicht rauskommen. Manchmal hat Sonja lange, schwarze Strümpfe an, aber oft auch eine weiße Unterhose, die Simon sieht, wenn sie über ihm ist. Simon hat eine Lederhose, die kriegt keine Flecken und überhaupt keine Löcher, außerdem ist sie ganz praktisch, denn wenn er mal klein muß, braucht er nur die vordere Klappe aufzuknöpfen, während Sonja ihre Hose runterziehen muß und sich hinsetzt dabei.

Oft hört Simon die Mutter rufen oder auch die alte Frau unter ihnen, manchmal auch Erna oder Hilde. Sie suchen ihn, oft ist er aber auch so weit fort vom Haus, daß er nichts hört. Simon ist froh, wenn er weit weg ist, keiner will dann was von ihm, er kann sehen und untersuchen, was es alles gibt auf der Wiese und im Wald, in den er sich schon reintraut. Angst hat er nur am Anfang gehabt, aber nur ein bißchen. Sonja kommt manchmal mit, sie sind beide leise im Wald, auch in den gelben Büschen, in denen sie sich gegenseitig suchen. Wenn ihn seine Joppe stört oder andere Sachen, zieht er sie aus und wirft sie hin. Im Wald ist noch viel mehr zu sehen und zu finden als auf den Wiesen. Wege gibt es da keine, wo Simon am liebsten ist. Der Habicht ist auch manchmal über ihm, Simon kann ihn hören, auch wenn er ihn nicht sieht. Wenn er hungrig wird, ißt er von den kleinen blauen Beeren, die er schon kennt und ganz tief am Boden wachsen, genauso wie die kleinen roten Beeren, die ihm am liebsten sind, weil sie so süß schmecken. Wenn er dahin kommt, wo weniger Bäume stehen und mehr Gras wächst, weiß er, daß hier oft viele rote Beeren zu finden sind. Draußen soll er kein Wasser trinken, sagt die Mutter, doch er trinkt vom Bach, wenn er durstig ist, aber oft ist er an Stellen im Wald, wo kein Bach, nicht mal ein kleiner, durchfließt. Zu Hause muß er dann ganz viel trinken, und die Mutter schimpft mit ihm, weil er so spät heimkommt. Oft wird nach ihm gesucht, weil niemand weiß, wohin er gelaufen ist. Simon verirrt sich nicht im Wald, er kommt immer heim, weiß immer, wie er gehen muß, um wieder zum Haus zurückzukommen, in dem sie wohnen. Nur manchmal vergißt er die Sachen, die er unterwegs auf den Boden geworfen hat, und die Mutter hebt sie auf oder die anderen, Erna oder Heinz oder die alte Frau, die nach ihm suchen. Simon versteht nicht, warum die Mutter danach so aufgeregt ist, wenn sie nach ihm suchen mußte. Sonja hat auch keine Angst oder nur wenig, wenn sie im Wald spielen.

Wenn Simon bei den anderen Häusern ist, hört er oft seinen Namen, der gerufen wird. Eine Frau hat das Fenster immer offen und spricht mit ihm; in dem Haus gegenüber, wo es ziemlich hochgeht, kann er manchmal mit den Leuten essen, dann sitzt er auf einer Bank in der Küche ganz am Rand, und die dicke Frau gibt ihm auf dem Teller zu essen. Auch bei anderen Leuten darf er mitessen. Am liebsten trinkt Simon die warme Milch, wenn oben drauf Schaum ist und aus dem Stall von den Kühen kommt. Oder noch lieber das Dicke oben auf der Milch, dann ist er gleich satt davon.

Fast immer trifft er den Mann, der ihn jedes Mal fragt: „Na, Simon, wie cheet dech dat dann noch?" *(„Na, Simon, wie geht es Dir denn noch?")* Und Simon sagt immer: „Besser." Dann hat der Mann immer große Freude und die anderen Leute auch, wenn sie dabei sind. Simon kann den Mann gut leiden, denn der ist immer nett zu ihm. Gerne ißt Simon Brot mit Rübenkraut drauf, und wenn er so ein Brot aufgegessen hat, sehen ihn die Leute an und freuen sich darüber, zeigen auf seinen Mund und Simon reibt mit den Händen darüber, doch die Mutter will immer auch noch an ihm rumputzen, wenn er nach Hause kommt. Zum Spielen hat er nur Sonja, doch die braucht er nicht immer, oft ist sie auch nicht da, wenn er loswill über die Wiesen und in den Wald. Auch wenn sie sich gezankt haben, will er alleine los.

Es ist prima, daß Simon schnell laufen kann. Denn dann holt er Sonja ein, wenn sie ihn geärgert hat und er sie hauen will. Aber Sonja ist auch sehr schnell, manchmal kriegt er sie nicht, dann ist sie weg und versteckt sich. Beide können sie gut rennen, und wenn die Großen hinter ihnen her sind, kriechen sie unter einen Zaun durch oder klettern einen Baum hoch. Auf viele Bäume kommen sie schon rauf, das geht ziemlich schnell, und sie klettern, wenn ihnen einer nachklettert, bis ganz nach oben, wo die Äste ganz dünn sind, denn da traut sich keiner hin, auch Werner nicht und Hilde erst recht nicht, jedenfalls nicht so hoch, aber klettern können die auch, aber nicht so hoch wie Sonja und er. Am besten sind die Bäume, an denen die Äste weit abstehen, die sind toll zum Klettern, die sucht Simon sich im Wald am liebsten aus. Auch die braunen Masten klettert er schon mal rauf, aber nicht ganz nach oben, weil er dabei müde wird und der Vater es auch streng verboten hat; manche von ihnen summen und brummen, wenn er ein Ohr daran hält. Das sollen Stimmen sein, hat einer gesagt, doch Simon versteht nichts, hört nur das Summen und Brummen.

Die Wiese am Haus gehört einem Mann, der nicht zum Dorf gehört und weit weg wohnt. Dem gehört auch ihr Haus und auch noch das von Sonja, und alle schimpfen immer über ihn. Ein Apfelbaum auf der Wiese hat ganz besonders süße Äpfel, die sind ganz weiß, und da gehen alle dran. Raufklettern kann man nicht gut, doch die Leute kommen mit Leitern und holen alle Äpfel runter. Die schmecken wirklich ganz toll, man kann ganz leicht reinbeißen, und dann läuft der Saft über den Mund und die Hände. Wenn Simon an dem Baum ist, hat er Angst vor dem Mann, dem der Baum gehört, und er sieht immer dahin, wo die Kurve vom Weg ist, wo der Mann immer herkommt, damit er früh genug weglaufen kann.

Einmal schläft er im großen Bett im anderen Zimmer. Hilde ist auch in dem Bett, und sie nimmt seine Hand und drückt sie zwischen ihre Beine, wo sie nichts anhat. Simon erschreckt sich, weil das eine komische, ganz warme Stelle ist, wo er noch nie angefaßt hat und zieht schnell seine Hand da weg, weiß nicht, warum Hilde das macht, hat sie vorher noch nie gemacht. Bei Sonja schaut er bald nach, ob sie auch so etwas zwischen den Beinen hat, sie läßt ihn auch sehen und anfassen, aber nicht lange, doch bei ihr ist es nicht so warm und überhaupt irgendwie nicht so wie bei Hilde. Bei ihm sieht das ganz anders aus, er hat ein Schwänzchen, so sagt jedenfalls Marga, die schon ein großes Mädchen wie Hilde ist, fast noch größer. Wenn er mal klein muß, sieht Sonja ihm manchmal zu, wie er sein Schwänzchen rausholt und dann den Strahl auf den Boden lenkt und nach Fliegen und Bienen oder Gänseblümchen zielt. Sie faßt auch mal an bei ihm, aber sie tut ihm weh dabei, deshalb darf sie das nicht wieder machen.

Erschrocken sieht Simon, wie der alte Mann, der unter ihnen wohnt und Pussie mit seinem Rattengift totgemacht hat, sich ein Huhn schnappt, es zum Hauklotz trägt und mit dem Beil den Kopf abhackt. Das hat er noch nie gesehen. Das Huhn zappelte vorher und auch noch, als der Kopf schon ab ist, aber nur ein bißchen, dann ist es still. Simon läuft weg, weiß nicht, was er machen soll. Er kann das Beil nicht vergessen, auch nicht das Huhn, dem der Kopf abgehauen wird. Der Mann macht das öfter, sogar die alte Frau, mit der er zusammen ist, schlägt manchmal den Hühnern den Kopf ab. Wenn Simon mitkriegt, daß es wieder soweit ist, rennt er schnell ganz weit weg. Am Hauklotz liegen dann die Köpfe der Hühner und auch die gelben Beine mit den Füßen dran. Simon ekelt sich immer, wenn er das sieht, er mag den Hauklotz nicht, der ihn an die Hühner erinnert, auch wenn keine Köpfe und Beine mehr da sind.

Hitze mag Simon besonders gern. Wenn es ganz heiß draußen ist, läuft er los, am liebsten den Weg lang mit dem warmen Sand, den er gern an den nackten Füßen hat. Neben dem Weg gibt es viele Blumen, auf denen Bienen und Hummeln krabbeln und noch andere kleine Tiere mit Flügeln herumklettern, auch Käfer. Es riecht gut überall, ganz besonders, wenn das Gras abgeschnitten auf der Wiese liegt und gelb wird. Der Wind ist ganz warm, manche Steine sind so heiß, daß er sich fast daran verbrennt, wenn er sie anfaßt oder zu lange mit den Füßen darauf steht. Es stört ihn nicht im mindesten, wenn er schwitzt. Simon gefällt das alles sehr, am liebsten ist er dann alleine unterwegs, weil er alles genau beobachten und untersuchen kann, was um ihn herum ist, ohne daß jemand nach ihm ruft. Vor den Bienen und Hummeln hat er ein bißchen Angst, weil sie stechen können. Mit einem Finger stößt er sie schon mal an, wenn sie auf einer Blüte sitzen und rennt dann schnell davon, damit sie ihn nicht stechen können. Da, wo die anderen Häuser anfangen, steht ein kleines, buntes Haus auf einer Wiese mit vielen Bäumen drauf, in dem ganz viele Bienen sind, von dem Simon immer weit wegbleibt.

Wenn die Sonne so heiß scheint, läuft er nicht gern zum Wald rüber, bleibt lieber auf dem Weg und auf den Wiesen, weil es da viel heller und wärmer ist. Die Häuser kann er fast immer noch sehen, auch wenn sie manchmal schon ganz klein sind. Und wenn er sie mal nicht sieht, weiß er trotzdem immer, wo sie sind.

Die Sonne scheint auch, als der Osterhase kommt. Simon hat ihn nicht gesehen, obwohl er ziemlich aufpaßt, aber dann ist er doch dagewesen, ohne daß er ihn entdecken kann, denn als er am Morgen auf die Wiese neben dem Haus läuft, findet er bald die roten, blauen, grünen und gelben Eier, die meistens hinter den Bäumen im Gras versteckt liegen. Simon läßt sich nicht täuschen, hat sie bald alle aufgesammelt. Der Vater und die Mutter sind beide mit auf der Wiese und helfen ihm beim Suchen, doch sie finden keine Eier, immer ist Simon vor ihnen am Nest. Auch bei Sonja ist der Osterhase gewesen; sie hat beim Spielen ein paar Eier dabei, und Simon bringt auch welche mit. Hilde und Werner haben auch Ostereier gekriegt und laufen damit rauf zu den großen Kindern bei den anderen Häusern.

Mit den großen Kindern kann Simon nicht gut spielen, eigentlich überhaupt nicht, und Sonja geht es genauso wie ihm. Die Großen sind viel älter und auch viel größer als er, nur Sonjas Schwester Helga ist nicht viel größer, aber mit ihr spielt er trotzdem nicht gern. Dafür ärgern Simon und Sonja die Großen oft, machen den großen Mädchen die Buden kaputt, die sie im Wald gebaut haben, jedes Mädchen hat eine Bude für sich gemacht und viele Büchsen reingestellt und Tassen und andere Sachen. Doch Simon und Sonja laufen mal hin und bringen alles durcheinander und schmeißen alles um. Als es rauskommt, müssen sie schnell rennen und klettern auf einen Baum, den sie gut kennen. Hilde schimpft besonders mit ihm, doch das ist ihm egal. Jetzt kommt Simon auch auf den beiden großen Bäumen, die neben dem Haus stehen, bis ganz nach oben. Keiner kommt so hoch wie er, auch nicht Werner, der gut klettern kann, doch die Äste sind für ihn zu dünn, wo Simon noch raufkann. Ein paarmal rütteln Große, die hinter ihm her sind, an den Ästen, an die er sich klammert, doch er hat keine Angst, bleibt oben, bis alle wieder unten sind.

Wenn die Maschine nicht so viele kaputte Zacken hätte, mit denen ihnen der Vater die Haare schneidet, würde Simon auch nicht schreien, wenn es wieder mal wehtut am Kopf. Auf einem Stuhl sitzt er dann verkehrt herum, meistens draußen am Haus bei den Bäumen. Er ist immer froh, wenn es wieder vorbei ist, denn der Vater schlägt ihn manchmal, wenn er zuviel schreit oder mit dem Kopf zuckt, nicht richtig fest, aber er schlägt ihn am Kopf und schimpft ihn aus. Auch Werner kommt an die Reihe, der schreit wohl nicht, aber Simon weiß das nicht ganz genau, weil er immer gleich wegläuft. Bei Hilde ist es anders, die kommt nicht dran, mit ihr macht die Mutter im Haus was an den Haaren, da geht der Vater nicht mit der Maschine ran, der auch eine Lederhose anhat, wenn es draußen ganz warm ist. Alle haben eine Lederhose an, nur die Mädchen nicht und die Mutter und Erna und auch der Mann und die Frau nicht, die unter ihnen wohnen.

Einmal müssen Sonja und Simon ganz laut lachen, als sie den Mann mit dem Fahrrad den Weg raufkommen sehen. Das ist der Postbote, und der macht immer den Arm weit nach vorne, um auf seine Uhr zu sehen, die dann aus seiner Jacke rauskommt. Das tut er ganz oft, und Sonja und Simon machen es ihm dauernd nach und müssen immer mehr darüber lachen, wie lustig der

Mann den Arm mit einem Ruck vor sich hinhält, sie können sich überhaupt nicht beruhigen. Als er seine große Tasche mit den Briefen ins Gras stellt und weggeht, da, wo der Baum am Weg steht, machen sie ihm in die Tasche rein. Simon hat was auf Lager und läßt es reinlaufen, Sonja macht auch rein, sie kann richtig machen, Simon jetzt auch, aber sie machen nur ein kleines bißchen. Dann werden sie ganz schlimm ausgeschimpft danach, der Mann ist wieder weg, aber alle schimpfen mit ihnen, Sonja kriegt Schläge von Erna, Simon versteckt sich erst mal, die Mutter haut ihn auch, sie haut ihn aber nicht fest, weil sie das nicht kann und Simon sich dagegen wehrt, wie er das jetzt immer macht.

Bei den Leuten unter ihnen ist jetzt immer ein Mädchen, fast immer jedenfalls, das heißt Wanda, ist größer und älter als Sonja und Helga, ist so groß wie Hilde und wie Marga, die mit am weitesten weg wohnt und eigentlich das größte von allen Mädchen ist. Marga mag er, doch auch Ellen, die nicht weit vom Bienenhaus wohnt, aber auch die ist viel älter und größer als er. Doch einmal strampelt Simon wild, als Marga ihm die Hose auszieht und ihn abhalten will, obwohl er gar nicht muß. Simon wehrt sich wütend, er kann selbst schon groß und klein machen, geht immer auf den Abtritt, auch bei den anderen Häusern. Sie drückt ihn gegen sich, packt seine Beine und hebt ihn hoch, Simon spürt ihr Gesicht mit den Haaren an seinem Gesicht, doch er strampelt ganz wild, und Marga läßt ihn dann in Ruhe. Das war nahe am Bach im Tal, wo die Großen die Kühe hüten und am Bach spielen und Feuer machen und am Ende

Kartoffeln in das Feuer legen und später aufessen. Simon kriegt auch meistens welche ab, verbrennt sich an den schwarzen Kartoffeln die Hände. Am Ende machen die Jungen mit ihrem Strahl in das Feuer, um es auszumachen, dann qualmt das Feuer ganz stark. Von den Jungen ist Simon der jüngste und kleinste, deshalb spielt er auch immer nur mit Sonja, wenn er spielen will. Außerdem gibt es nicht viele Jungen, nicht so viele wie Mädchen. Und alle Jungen sind viel älter. Sie fangen Fische mit den Händen im Bach, das kann auch Willi, der noch nicht ganz so groß ist wie die anderen, aber auch mit ihm will Simon nicht spielen.

In den Bach geht er, wenn ihm ganz heiß ist, die Großen machen das auch. Simon hat keine Badehose, Sonja auch nicht, wenn sie mit dabei ist. Es gibt ein paar schöne Stellen im Bach mit Sand, wo sie gut reinkönnen, und wenn es kalt wird, laufen sie wieder raus. Die großen Mädchen trocknen ihn ab, auch Sonja und auch Helga, die auch schon mal mitmacht. Aber nur Sonja, Helga und Simon haben keine Badehose an im Bach.

Grüne Äpfel und Birnen soll Simon nicht essen, auch keine Pflaumen, die noch nicht blau sind, sagt die Mutter. Und überhaupt kein Wasser soll er hinterher trinken, davon wird man krank, ganz schlimm krank, sagt sie. Das will Simon auch nicht machen und auf die Mutter hören, doch dann ißt er grüne Äpfel, die er von Ästen abreißt, die bis an die Böschung am Weg rankommen, auch wenn sie sauer schmecken. Grüne Pflaumen ißt er nicht gerne und läßt sie lieber hängen, auch wenn er drankommen kann, denn sie sind ganz hart und wenn er darauf beißt, kommt er mit den Zähnen kaum rein. Von den Äpfeln und Birnen läßt Simon nur den Stiel übrig, manchmal noch ein bißchen von der Kitsche, wenn die beim Kauen zu hart ist. Die braunen Kerne in den Kitschen schluckt er auch runter, aber nicht alle, wenn es so viele sind. Ist er durstig, trinkt er Wasser drauf. Was die Mutter sagt, stimmt nicht, denn er wird keinmal krank davon, doch er erzählt der Mutter nichts, wenn er hinterher am Bach zum Trinken war. Willi ißt die Äpfel wie sonst keiner, er beißt rein und saugt erst mal lange den Saft raus, bevor er richtig abbeißt. Das hört sich ziemlich komisch an.

Tante Gertrud ist die Mutter von Willi. Ihr Haus ist nicht so weit weg wie das von Max, dem Bruder von Marga. Sie drückt Simon immer an sich, wenn sie ihn sieht, oft mag er das nicht, doch sie läßt ihn nicht los. Sie ist ziemlich dick und riecht irgendwie anders als die Mutter. Sie winkt ihn oft rein zu sich, auch wenn Willi nicht da ist und seine Schwester auch nicht. Bei ihr kriegt er oft Wasser zu trinken, es ist nicht so hell in ihrem Haus wie in den meisten anderen Häusern. Tante Gertrud liest aus einem dicken Buch vor. Dann sind noch mehr Kinder da, auch viele von den Großen, meistens die Mädchen. Oft kriegt Tante Gertrud nicht richtig Luft, dann hört sich ihre Stimme ganz komisch an, nicht mehr so laut, als ob ihr was wehtut im Hals und sie hört schon mal auf, weil sie nicht weiterlesen kann. Sie liest Märchen vor, die meisten sind unheimlich am Ende. Und wenn es ganz unheimlich ist, dann flüstert Tante Gertrud und sieht alle an, daß es noch unheimlicher wird. In dem dicken Buch sind bunte Bilder rein-geklebt. Ein Bild kann Simon überhaupt nicht mehr vergessen, auf dem zwei Männer ein großes Mädchen im Keller über einen Hauklotz halten, der so ähnlich aussieht wie der, wo den Hühnern mit dem Beil der Kopf abgehauen wird. Einer von den Männern hat auch ein Beil in der Hand, nur viel, viel größer als das Beil für die Hühner. Das Mädchen auf dem Hauklotz sieht Simon an, es hat große Angst, doch keiner kann ihm helfen. Später, wenn fast alle weg sind, geht auch Simon nach Hause, und dann hat er ziemlich viel Angst, weil es manchmal draußen schon dunkel ist und es keine einzige Lampe bis dahin gibt, wo er wohnt. Er muß dann immer an die Märchen denken, die Tante Gertrud vorgelesen hat. Es ist oft so dunkel, daß er genau auf-passen muß, um den Weg zu finden und nicht gegen einen Zaun oder den Baum zu laufen, der da steht, wo es zu ihrem Haus geht. Gefallen ist er auch schon dabei. Das Schlimmste aber ist seine Angst vor den ganzen Sachen, die in den Märchen passiert sind und daß er im Dunkeln nicht sehen kann, ob einer hinter ihm her ist und wie nah der schon ist. Immer ist er so froh, wenn er zu Hause ankommt.

Besonders gerne ißt Simon die blauen Beeren, die im Wald wachsen. Das sind Waldbeeren, und an manchen Stellen mitten im Wald gibt es ganz, ganz viele davon. Da gehen dann alle hin, um sie zu holen. Simon kriegt oft auch eine Milchkanne, um sie zu sammeln, doch lieber streift er mit Sonja zwischen den Bäumen und Sträuchern rum und schmiert sich Waldbeeren ins Gesicht, dann sieht er ganz blau aus, Sonja genauso, denn die macht das auch. Einmal werfen sie ein paar volle Kannen von den anderen um und müssen dann schnell wegrennen, weil die Frauen schreien und hinter ihnen her sind. Manchmal kommt auch die Mutter mit, auch Sonjas Mutter. Hilde ist fast immer dabei, und die anderen großen Mädchen auch. Es ist schön im Wald, findet Simon, wenn alle Waldbeeren suchen und später nach Hause tragen. Manchmal ist auch seine Kanne voll, und er bringt sie dann zur Mutter oder zu Hilde. Zurück zum Dorf singen alle ganz laut: „Erpeln ob den Dösch, Erpeln ob den Dösch, mer kommen us dem Wolbernbösch." *(„Kartoffeln auf den Tisch, Kartoffeln auf den Tisch, wir kommen aus dem Waldbeerenwald.")* Am liebsten singt Simon mit Max zusammen, der ist immer lustig und schimpft nie mit ihm.

Obwohl sich Simon auf die Lauer legt, kann er das Christkind nicht überraschen. Da, wo er schläft, soll es kommen, in der Nacht. Und er will nicht schlafen, nur so tun als ob und dann das Christkind beobachten. Als er wach wird, ist es noch dunkel im Zimmer, und als er mit einer Hand herumfühlt, schmeißt er etwas um, dann hört er ein Geräusch, ganz nah bei ihm, ganz merkwürdig hört es sich an. Schon ist der Vater im Zimmer, das Licht geht an, das Christkind war schon da und ist schon wieder weg. Simon ärgert sich, daß er, obwohl er sich so fest vorgenommen hatte, nicht zu schlafen, doch eingeschlafen ist. Alle sind jetzt auf. Simon hat eine Geisterbahn vom Christkind gekriegt, mit zwei Wagen und einem Tunnel, den er aufklappen kann. Die Geisterbahn hat das Geräusch gemacht, das er gehört hat, sie ist einfach losgefahren, als er sie im Dunkeln anfaßt. Wenn die Bahn stehenbleibt, muß er sie aufziehen, dafür gibt es einen Schlüssel, der in das Dach der Bahn reingesteckt wird. Einen Ball hat er noch gekriegt und auch Buntstifte und einen großen Block mit Papier und auch noch einen Haufen Bauklötze aus Holz. Auch was zum Anziehen, Handschuhe, eine lange Hose und Strümpfe, doch Simon spielt lieber mit den Bauklötzen und mit der Geisterbahn. Wie das Christkind das bloß alles rangeschleppt hat? Bald ist der Herd ganz heiß, Vater hat viel Holz reingetan. Es ist schön warm im Zimmer, Simon ist sonst viel lieber draußen im Schnee, doch jetzt ist es schön bei seinen Geschenken und am Tannenbaum, an dem Kerzen brennen. Vom Teller ißt Simon zuerst alles auf, was nach Schokolade aussieht, dann die Plätzchen. Mutter hat auch welche gebacken, das weiß Simon. Um das Christkind nicht alles alleine machen zu lassen, hat sie gesagt. Am Tannenbaum hängt auch was dran, was man essen kann, doch da soll er noch nicht rangehen, erst wenn der Tannenbaum wieder abgebaut wird, darf er vom Tannenbaum essen, sagt der Vater. Wenn das Christkind wiederkommt, will Simon besser aufpassen, daß er nicht einschläft, damit er es endlich beobachten kann. Er möchte so gerne sehen, wie es aussieht.

Die Tür nach draußen geht manchmal nicht auf, so hoch liegt der Schnee davor, wenn noch keiner was weggemacht hat. Im Keller ist Holz, das Simon mit der Mutter oder Werner oder Hilde nach oben trägt, damit der Ofen immer warm ist. Die Platten auf dem Herd sind in der Mitte oft rot, ein paarmal verbrennt er sich die Finger daran, wird ausgeschimpft deswegen, kriegt Salbe auf die Fingerspitzen. Aber lieber ist Simon draußen. Mit Sonja baut er Tunnels durch den Schnee, wo ganz viel liegt, und sie rennen über die Wiese, fallen immer hin, weil der Schnee so hoch ist und man gar nicht richtig rennen kann. Er soll immer die Mütze anziehen, doch er will keine Mütze, sie ist ihm lästig, auch ist ihm darunter immer zu warm. Dann ist die Mütze weg, auch der Vater findet sie nicht mehr, schimpft aber nicht mit ihm. Wenn er in das warme Zimmer zurückkommt, tun ihm die Finger oft ganz schlimm weh, dagegen helfen auch die Handschuhe nicht, die im Schnee immer gleich naß und kalt werden. Die Finger tun ihm oft so weh, daß er fast weint, doch es dauert nicht lange, dann tun sie nicht mehr weh, weil auch die Mutter sie reibt.

Da, wo im Sommer ein Graben ist und wo es auf eine Wiese geht, ist der Schnee so tief, daß er reinfällt und drin untergeht. Der Schnee ist auf einmal über ihm, Simon sieht nichts mehr, strampelt und hustet, weil er Schnee im Mund und im Hals hat und nicht richtig Luft kriegt, er schreit und wühlt sich aus dem Schnee raus auf den Weg zurück. Er soll nicht mehr alleine rumlaufen, sagen alle zu ihm.

Wenn Schlitten gefahren wird, sind ganz viele da, es geht immer den Weg runter, der ist steil, doch schnell fährt der Schlitten nicht, weil der Schnee so tief ist. Er sitzt immer vorne drauf, vor den anderen, fährt mit Max, mit Werner oder Marga, auch mit dem Vater, wenn der Zeit hat. Der fährt dann immer ganz wild runter, dann juchzt Simon und schreit, weil es ihm so gut gefällt. Mit der Mutter fährt er nicht auf dem Schlitten, die kommt nicht mit auf den Weg, wo alle sind.

So schnell wie möglich will Simon die lange Hose aushaben oder auch die langen Strümpfe und die Lederhose anziehen, wenn der Schnee weg ist. Mutter schimpft mit ihm, daß es viel zu früh ist und er krank wird, wenn er zu früh mit kurzer Hose rumläuft. Beim ersten Mal ist es kalt um die Beine, doch Simon stört es nicht, und er rennt durchs ganze Dorf, wo als erster Willi es ihm nachmacht, der hat auch eine Lederhose. Und Werner hat auch eine, Max auch, eigentlich alle Jungen. Auch Vater hat eine, zieht die aber nicht so oft an, und Sonjas Vater zieht überhaupt keine an und der alte Mann unter ihnen, der mit dem Rattengift Pussie vergiftete, hat überhaupt keine kurze Hose und die Mädchen sowieso nicht. Über dem linken Knie hat Simon einen dunklen Fleck, ziemlich klein, der geht nicht weg, auch wenn er daran heftig reibt, aber er tut auch nicht weh.

Mit Willi spielt er nur, wenn Sonja nicht da ist und wenn Willi zu ihm kommt. Der zeigt ihm mal einen anderen Abtritt im Dorf, wo man, außer bei Sonjas Abtritt, auch von unten reinsehen kann, wenn oben die Mädchen draufsitzen, ohne daß die das merken. Simon macht das nicht gerne mit, er sieht nicht viel, muß aufpassen, daß er nichts abkriegt. Helga hat er so schon gesehen, auch mal Sonja und ein paar andere. Einmal merkt Helga was und schreit gleich los, so daß sie weg-laufen müssen. Bei Simons Abtritt kann man nicht von unten reinsehen, weil der so tief am Boden steht. Er geht nicht immer mit, wenn Willi wieder zu den Abtritten will. Doch auf dem eigenen Abtritt sitzt er gern, sieht sich immer lange die Gegend an. Manchmal kommt jemand vorbei, der alte Mann oder die alte Frau oder auch Wanda, doch das stört ihn nicht. Wenn Zeitungen rumliegen, sucht er nach den Bildern und sieht sie sich an. Wenn Sonja vorbeikommt, zieht er schnell die Hose hoch und rennt mit ihr los.

Manchmal ist auch Ellen bei ihm, wenn er draußen ist, sie kommt mit, wenn er mit Sonja unterwegs ist, auch Helga ist manchmal dabei und auch Wanda kommt schon mal mit. Wanda und Ellen sind schon größer und älter, doch manchmal sind sie trotzdem draußen mit dabei. Einmal, als alle weg sind und Simon alleine im Gras sitzt, kommt Ellen, setzt sich neben ihn und geht mit der Hand von oben in seine Lederhose rein. Sie geht mit ihrer Hand unter seine Unterhose und spielt mit seinem Pippimann, so sagt die Mutter schon mal dazu, Sonjas Mutter sagt Pimmel, Tante Gertrud nennt es Pimmelchen oder auch Pippimännchen und Marga sagt dazu Schwänzchen und sagt weiter, daß das bei ihm noch klein ist und noch größer wird. Simon läßt Ellen daran spielen, hält still, auch wenn er sich zuerst erschreckt, dann hat er es gerne, und Ellen spielt noch länger an ihm herum. Das macht sie dann öfter mit ihm, aber immer nur dann, wenn sie alleine sind. Simon sagt keinem was davon, auch nicht Sonja, die das nie mit ihm machen will. Auch findet Simon heraus, daß es ihm zwischen seinen Beinen merkwürdig schön juckt und kribbelt, wenn er sich an dem Baum am Weg ein paarmal nach oben zieht, aber nur dann ist dieses schöne Gefühl da.

Seitdem er gesehen hat, wie bei den Fischers ein Schwein geschlachtet wird, läuft Simon sofort aus dem Dorf, wenn er mitkriegt, daß wieder eins geschlachtet werden soll. Auch bei Max und Marga wird schon mal eins geschlachtet, auch bei den Kroßmanns. Wenn er zu spät wegrennt, hält er sich die Ohren zu, um das Quieken vom Schwein nicht zu hören. Einer schlägt mit einem Beil verkehrt herum auf den Kopf des Schweins, und dann sticht einer mit einem großen Messer dem Schwein in den Hals, doch das lebt noch und schreit ganz laut und ist nicht gleich tot, ganz viel Blut spritzt raus aus dem Hals, die Mutter von Ecki hält eine Schüssel drunter und als Eckis Bruder zuerst nicht richtig mit dem Beil getroffen hat, haut er noch zweimal drauf. Später sieht Simon das Schwein noch mal, wie es aufgeschnitten an einem Gestell hängt, der Kopf ist ab. Simon schüttelt sich, ekelt sich, versteht nicht, wie man so das Schwein totmachen kann, will das nie mehr sehen. Er bleibt dann immer so lange weg, im Wald oder auf den Feldern, bis er genau weiß, daß das Schwein tot ist. Wenn einer geschlachtet hat, gibt es danach bei ihnen zu Hause oft davon was zu essen. Simon mag das nicht, würgt das Fleisch runter, er weiß, daß er nichts anderes zu essen kriegt, wenn er das Fleisch nicht essen will. Am schlimmsten ist der rote warme Brei, und als er zum ersten Mal hört, daß das vom Blut der Schweine ist, mit kleinen weißen Stückchen drin, wird ihm fast schlecht und er zwingt es mit Ekel runter, ohne richtig auf die Gabel hinzusehen, wenn er sie in den Mund steckt. „Pannas" sagt die Mutter dazu. Simon ist froh, wenn vom Schlachten nichts mehr da ist, er ißt sowieso lieber Kartoffeln und Kohlrabi und Möhren und Äpfel oder Birnen oder Waldbeeren, auch Erbsen und Bohnen ißt er gerne. Bei den Leuten, wo geschlachtet wurde, geht er längere Zeit nicht hin, damit er bei ihnen nicht mitessen muß.

Einkaufen geht Simon nicht gerne, meistens ist er mit der Mutter oder Hilde oder Werner unterwegs. Sie müssen den ganzen Weg ins Tal runterlaufen, den sie im Winter mit dem Schlitten fahren, und dann auf der anderen Seite wieder ganz nach oben, in das Dorf mit dem Laden. Mal haben sie das Fahrrad mit, mal nur die Taschen, die Simon so an den Fingern ziehen, wenn sie voll sind. Im Winter brauchen sie den großen Schlitten, doch da fallen die Taschen oft runter. Im Bach liegt lange Zeit ein Panzer, so einer, wie er ihn gesehen hat, als die schwarzen Soldaten ihm Schokolade und Kaugummi schenken. Und auch so blanke Eisenrohre wie die an dem Bauernhof, wo sie vorher wohnten, findet er noch ein paarmal. Simon langweilt sich im Laden, wo alles durcheinander liegt. Die dicke Frau, die im Laden zu sagen hat, drückt ihn immer an sich und schenkt ihm Rosinen und Klümpchen *(Bonbons)* und Dauerlutscher, trotzdem ist Simon froh, wenn sie wieder loskönnen und den weiten Weg zurücklaufen. Dann ist es manchmal schon ziemlich dunkel, aber Simon hat keine Angst im Dunkeln, außerdem ist ja immer einer dabei. Da ist ein Haus, ein gelbes, da wohnen zwei Jungen drin, die sind böse, Werner hat Angst vor ihnen, und sie sind immer froh, wenn sie das Haus hinter sich haben. Man kann das Haus schon von weitem sehen am Weg, und sie gehen ganz außen dran vorbei, bevor sie an den Bach kommen und es wieder raufgeht nach Hause. Simon kennt die Jungen nicht, hat sie noch nicht gesehen, aber auch er hat Angst vor ihnen, weil Werner Angst vor denen hat.

Tiere mag Simon eigentlich alle, jedenfalls fast alle. Vielleicht die großen Spinnen nicht besonders, die im Keller über die Wände laufen oder im Schuppen in den Netzen sitzen und in die er schon mal reingerät. Ein paar Spinnen laufen ihm über den Kopf, er schüttelt sie runter und macht sie tot, wenn er eine sieht, aber nur die, die auf ihm rumlaufen, sonst läßt er sie zufrieden, beobachtet nur mal, wie sie von nah aussehen und wenn sie Fliegen auffressen. Mit Kühen ist er gerne zusammen, überhaupt ist er gerne im Kuhstall. Die Kühe tun ihm nichts, kauen ganz ruhig das Heu, das die Bäuerin hingetan hat, aber auch das Heu, das er ihnen hinhält. Manchmal bringt er Gras von draußen mit, das fressen sie auch. Immer ist es warm im Stall, und wenn es draußen kalt ist, ist er noch lieber zwischen den Kühen, die im Stall nebeneinander stehen. Sie haben einen ganz dicken Bauch, und der ist ganz warm und drückt dann gegen Simon. An den Hörnern packt er sie auch und versucht, den Kopf zu drehen, doch die Kühe sind stärker. Er will ihnen nicht wehtun, nur mit ihnen kämpfen, doch sie sehen ihn nur mit ihren großen Augen an und machen sonst nichts. Wenn sie mit dem Schwanz nach Fliegen schlagen, kriegt er schon mal was ab, da muß er aufpassen. Und wenn sie hinten was fallen lassen, muß er wegspringen, besonders, wenn die Pisse kommt. Auch wenn das nicht so schlimm ist, wenn was davon gegen seine Beine spritzt.

Beim Melken ist Simon oft dabei, sieht zu, wenn Marga oder ihre Mutter oder die anderen Frauen melken, findet es lustig, wenn sie sich den komischen Stuhl mit nur einem Bein dran umbinden. Ganz am Anfang klingt der Strahl ganz hell im Eimer, dann wird es leiser und Simon weiß, daß jetzt Schaum da ist vom Melken. Manchmal drückt Marga ihr Gesicht an die Kuh, wenn sie melkt, trotzdem schlägt die Kuh mit dem Schwanz um sich und trifft Marga oder die anderen Frauen, die das genauso machen. Warme Milch trinkt Simon sehr gern, und immer, wenn er beim Melken zusieht, kriegt er am Ende Milch aus dem Eimer zu trinken. Marga spritzt ihn schon mal mit Milch an, wenn er zu nah rankommt oder melkt ihm in den Mund. Die Zitzen der Euter hat er schon anfassen dürfen, er zieht auch daran, aber es kommt keine Milch raus. Auch den dicken Schmand, der ganz oben auf der Milch ist bei den Eimern, die schon voll sind und in der Ecke stehen, mag Simon gern, kriegt fast immer was davon, wenn er beim Melken dabei ist. Oft kann er dann gleich auf dem Hof bleiben und darf mitessen. Schweine stinken, doch die sind meistens nicht im Kuhstall, sondern haben ihren Stall daneben oder dahinter, wie bei den Kroßmanns oder den Fischers. Schweine riecht Simon nicht gerne, im Kuhstall riecht es aber gut, auch Schafe und Ziegen stinken nicht so wie Schweine, aber die Kühe sind Simon am liebsten. Pferde gibt es nur bei Fischers, da wagt Simon sich nicht ran, weil sie so groß sind und schnell wild werden und dann mit ihren Füßen, die Eisen drunter haben, auf dem Boden kratzen und treten.

Oft scheint die Sonne ganz heiß, wenn Simon zu den Feldern läuft, wo die Halme abgemäht werden. Er macht aus den abgeschnittenen gelben Halmen dicke Packen, die dann von den Frauen zusammengebunden werden. Wenn ein paar davon fertig sind, stellen sie die zu kleinen Häuschen auf, damit die Halme noch länger auf dem Feld trocknen können. Darin versteckt sich Simon lieber und spielt mit Sonja darin, wenn die mitgekommen ist. Stachelige Disteln sind in den Halmen versteckt, und obwohl er aufpaßt, packt er immer wieder in welche rein, und das tut ordentlich weh. Wenn alle im Feld sitzen, kommt Margas Mutter oder eine andere Frau mit einem großen Korb, auf dem ein Handtuch liegt, aus dem Dorf und bringt was zu essen mit. Simon kriegt auch eins von den großen Butterbroten zu essen. Zu trinken gibt es Milch, aber die Großen kriegen Kaffee. Mit Max ist er oft auf der Wiese, wenn der mit dem Rechen das Heu umdreht; meistens hat Max zwei Rechen dabei, damit Simon ihm helfen kann. Am Rechen muß Simon stark ziehen, weil der sich immer im Gras festhakt. Ein paar der Zacken sind schon abgebrochen. Doch Max ist immer lustig, singt und pfeift Lieder. Ein Lied ist von Zigeunern, das geht so:

„Du schwazze Zijeuner, komm´ wäsch´ Dir den Hals. Un wenn de ken Seef häs, dann nemmste Schmalz." *(„Du schwarzer Zigeuner, komm´ wasch´ Dir den Hals. Und wenn Du keine Seife hast, dann nimmst Du Schmalz.")* Das ist lustig, und Simon singt es ganz laut mit und noch lange auf dem Weg, wenn er wieder woanders hinläuft.

Auf dem Heuwagen darf er oft mitfahren, oben drauf, wenn die Männer das Heu hochwerfen. Simon stapft hin und her im Heu, das immer höher wird und tritt darauf herum, damit noch mehr auf den Wagen paßt. Einmal, als Sonja mit oben auf dem Wagen ist, kippt der um, als er schon ganz voll ist, weil es über eine schräge Wiese geht. Sie purzeln ordentlich den Hang runter, und alle kommen gelaufen und haben Angst, daß sie sich was getan haben. Aber das Heu ist so weich, und sie haben sich überhaupt nicht wehgetan, keine einzige kleine Schramme.

Kroßmanns haben zwei Ochsen, die alles ziehen, ziemlich langsam sieht das aus, meistens ist der große Leiterwagen dahinter. Simon hat ein bißchen Angst vor dem alten Mann neben den Ochsen, weil der nie was sagt, nur vor sich hinlacht, ohne daß man was hört. Doch er schimpft auch nicht mit Simon, nickt immer nur mit dem Kopf und hat Nägel unter den Schuhen, und wenn er mit den Ochsen die Kartoffeln mit dem Pflug rausholt, läuft Simon manchmal hinter dem Mann her und hebt mit anderen die Kartoffeln auf und legt sie in einen der großen Körbe. Die Erde ist ganz dunkel, wo der Pflug war und ist schön kühl an Simons nackten Füßen.

Der Bach ist mal schmal, mal ist er etwas breiter. Simon spielt gerne am Bach, da gibt es immer was zu sehen. An den schmalen Stellen bauen Werner oder Max, aber auch Ecki und die anderen größeren Jungen Wassermühlen. Simon hilft mit, wenn sie gemacht werden, holt Äste mit Gabeln aus dem Wald und ruft, wenn die Mühlen kaputtgehen oder stehenbleiben. Es gibt kleine Spinnen, die können übers Wasser laufen, wo es nicht so schnell fließt, obwohl sie genauso kleine Füße haben wie alle Spinnen oder Käfer, aber sie gehen nicht unter, rucken und zucken hin und her. Am Anfang kann Simon die Forellen nicht sehen, die sich die Großen gegenseitig zeigen, er kann sie nicht erkennen, sieht nur das Wasser und die Steine darin. Doch dann erkennt er die Fische schon ziemlich schnell, weiß bald, wo sie meistens zu sehen sind. Wenn er zu wild ist an der Böschung, zucken sie weg, so schnell, daß er fast nicht sieht, wo sie geblieben sind. An bestimmten Stellen am Bach liegen Max, Werner und die anderen öfter auf dem Bauch und halten die Arme in das Wasser. Sie sagen nichts, Simon soll auch nichts sagen und nicht rumspringen, damit die Forellen dableiben. Wenn sie eine gefangen haben, wird sie im Feuer gebraten. Simon ißt auch davon, aber andere Sachen ißt er eigentlich lieber. Er will dann selbst Forellen fangen, aber soviel er auch mit den Händen im Wasser herumsucht, er kriegt keine zu fassen. Max will ihm bald mal richtig zeigen, wie das geht. Simon soll die Forellen jetzt lieber angeln, mit einem Stock, an den sie eine Kordel binden. Er sieht, daß sie eine tote Forelle dranhängen und tut so, als ob er das nicht gesehen hätte und zieht die Forelle auf die Böschung und schreit laut dabei, damit sich die anderen freuen. Oft rennt er nackt am Bach rum, wenn es ganz heiß ist, wirft dann seine Sachen ins Gras und muß nach ihnen suchen, wenn er sie wieder anziehen will. Wenn keine Kühe gehütet werden, sind nicht viele Jungen am Bach, mehr Mädchen, aber auch die gehen nicht alle hin. Als Ellen mal da ist, zieht sie Simon ganz aus, Helga soll das auch machen, dann nimmt sie beide mit in den Wald. An Simons Schwänzchen spielt sie ein bißchen rum, dann muß sich Helga auf den Rücken legen und Ellen schiebt Simon zwischen Helgas Beine, daß er richtig auf ihr drauf liegt und drückt dann fest von hinten auf sein Ärschelchen, so nennt Tante Gertrud das immer, auch Erna sagt so, aber auch schon mal Arsch, Mutter sagt meistens Popo. Mal drückt Ellen fest von hinten auf ihn drauf, mal nicht so fest. Das macht sie ein paarmal, dann will Simon nicht mehr, und sie rennen zurück in die Sonne und zum Bach.

Ins Feuer legen sie fast immer Kartoffeln, die sie mitbringen, aber erst spät, wenn das Feuer wieder fast aus ist. Prinz ist auch oft mit dabei, der hört nicht immer, wenn er gerufen wird, rennt in den Wald, aber dann kommt er wieder, und Simon kann ihn streicheln, ohne daß er knurrt. Wenn das Feuer ausgemacht wird, strullt Simon auch rein, wenn er kann. Die Mädchen machen das nie, sie können das nicht, denn sie haben kein Schwänzchen zum Strullen wie er, sondern so einen komischen kleinen Schlitz, wie ihn Sonja hat, den er manchmal sehen und anfassen kann.

Da gibt es noch einen großen Bach, viel größer als der, an dem sie meistens spielen. Zu Fuß brauchen sie lange, um hinzukommen. Mit den Fahrrädern geht das viel schneller, und Simon sitzt beim Vater auf der Stange und hält sich am Lenker fest, oder er sitzt hinten auf dem Gepäckträger. Am Anfang hat Simon ein bißchen Angst vor dem großen Bach. Das Wasser ist ganz dunkel, fast nirgends sieht er die Steine auf dem Grund wie bei ihrem Bach im Tal. Werner und Hilde können schon schwimmen, aber noch nicht so gut, und der Vater sagt ihnen, daß sie nicht wegschwimmen sollen. Simon klettert auf die Schultern vom Vater und springt rein ins Wasser und versucht zurückzukommen zu ihm. Das Wasser ist so tief, daß er nicht mehr stehen kann, sogar mit den Füßen nichts mehr berührt unter sich. Doch er hat keine Angst, denn der Vater ist ja da, packt ihn und holt ihn wieder dahin, wo er noch stehen kann. Immer wieder springt Simon von den Schultern vom Vater ins Wasser, macht mit Händen und Füßen so, wie er es bei Prinz gesehen hat, wenn der mal im Bach trinkt und auf der anderen Seite rausklettern will. Der Vater lacht, wenn er Simon so schwimmen sieht, packt ihn und schmeißt ihn ins Tiefe, so weit er kann. Sofort schwimmt Simon wieder wie Prinz in die Richtung, wo der Vater auf ihn wartet. Er schafft es nicht, schluckt Wasser und muß schlimm husten. Sofort ist der Vater da und zieht ihn an die Böschung zurück, dabei lacht er und zeigt Simon, wie er mit den Armen und Beinen machen soll, wenn er richtig schwimmen will. Das schafft Simon auch bald, doch er schwimmt unter Wasser, und wenn er keine Luft mehr hat, schluckt er wieder Wasser und hustet los. Gleich ist der Vater wieder bei ihm und holt ihn ins Flache zurück. Simon macht das immer wieder, er ist gern im Wasser, hat keine Angst vor ihm, auch nicht, wenn er die Augen darin aufmacht und alles dunkel um ihn ist. Die Mutter ist nicht oft dabei, und wenn sie mal mitkommt, bleibt sie auf der Böschung. Sie kann nicht schwimmen, und der Vater bringt es ihr auch nicht bei. Sieht sie Simon ins Tiefe schwimmen, schreit sie oft los, er soll nicht weiterschwimmen und sofort zurückkommen. Doch sie hat immer was zu essen eingepackt, und vom Schwimmen bekommt Simon meistens großen Hunger.

Zur Schule hat Simon es ziemlich weit, Sonja geht immer mit ihm, denn sie sind beide in derselben Klasse. Beim ersten Mal kommt raus, daß Simon nicht gut sehen kann, der Lehrer merkt das sofort. Deshalb schreibt Simon am Anfang mit Kreide auf der großen Wandtafel und rechnet auch vorne mit den großen Kugeln gleich neben der Wandtafel. Werner und Hilde sind auch in der Klasse, auch Helga, Ellen und die anderen aus dem Dorf und noch mehr aus den anderen Dörfern, die Simon nicht kennt. Er sitzt mit Sonja ganz vorne, denn sie sind die jüngsten von allen. Bald hat er eine Brille von dem Brillengeschäft, das genau in der Stadt ist, wo die Großen mit dem Leiterwagen die Schulspeise abholen. Bis dahin ist es noch weiter, als Simon vom Dorf zur Schule laufen muß. Aber es ist nie langweilig, wenn er mit Sonja zur Schule geht, zurück zum Dorf auch nicht. Wenn sie was sehen oder hören, was sie noch nicht kennen oder wenn sie Hunger auf

Brombeeren oder Himbeeren oder auf die kleinen, ganz süßen Erdbeeren kriegen, die nur im Wald wachsen, gehen sie vom Weg runter, denn sie wissen schon, wo am meisten von ihnen sind, auch wo immer viele Waldbeeren sind. Manchmal spielen sie auch Doktor, dann untersucht Simon Sonjas kleinen Schlitz zwischen den Beinen und sie faßt sein Schwänzchen an, doch meistens machen sie das nicht lange und fangen was anderes an. Der Lehrer schimpft nicht mit ihnen, jedenfalls nicht stark, wenn sie zu spät kommen, auch nicht, wenn Simon dann gleich sein Butterbrot auspackt, weil er Hunger hat. Oft ißt er die Schulspeise nicht, weil sie ihm nicht schmeckt, besonders mag er Graupen und Griesbrei nicht, schon gar nicht, wenn keine Rosinen drin sind. Willi kippt ihm, als Simon ihn mit den Fäusten haut, seine dicken Bohnen über den Kopf, genau auf der Brücke, bevor es wieder rauf in den Wald geht. Simon wird wütend, als ihm die lauwarmen Bohnen am Hals runterlaufen und haut noch mehr nach Willi, vor dem er keine Angst hat, auch wenn der älter und größer ist. Außerdem kann er viel schneller laufen als Willi und ist auch viel schneller auf den Bäumen, da kommt Willi nicht mit. Als Sonja mal wütend auf ihn ist, schmeißt sie ihren Tornister nach ihm, doch Simon springt weg, und die Tasche fliegt an ihm vorbei durch das Geländer der Brücke und fällt runter in den Bach. Da kann man die Tasche gut im Wasser sehen, wie sie tief unten auf den Steinen liegt. Sonjas Vater muß hinterher zu der Brücke kommen und sie rausholen. Auch wenn alle mit Simon böse sind und ihn ausschimpfen, geht Sonja wieder mit ihm zur Schule, denn sonst muß sie ganz alleine los. Die Tafel ist nicht kaputtgegangen, doch die Bücher wellen sich und haben Flecken und liegen am Herd bei Erna zum Trocknen. Ziemlich wütend wird Simon auch auf Hannes, wenn der Toni haut, der sich nie wehrt und sich duckt und wegrennen will. Gegen Hannes kommt Toni nicht an, Hannes ist älter und hat keine Freunde auf dem Schulhof und ist auch größer als Simon, doch Simon sagt zu Hannes, wenn der wieder an Toni ranwill: „Hür op, sonst donn ech de Brell aff." *(„Hör´ auf, sonst tu´ ich die Brille ab.")* Und wenn Hannes dann mit Toni weitermacht, zieht Simon die Brille von der Nase, legt sie auf die Erde oder woanders hin und haut mit beiden Fäusten so fest er kann nach Hannes, so lange, bis der genug hat. Doch Hannes hört nicht sofort auf, wenn Simon sich mit ihm haut, Simon kriegt auch oft was ab, doch es tut ihm nicht weh, wenn Hannes ihn trifft, auch wenn er blutet. Wenn Hannes aufhört, hört auch Simon auf, vorher nicht. Hannes blutet meistens aus der Nase. Simon ist egal, wo er Hannes trifft, wenn er nach ihm haut. Hannes ist böse, schlägt nur die, die schwächer sind als er selbst, was Simon nicht leiden kann und ihn immer ordentlich wütend macht. Wenn er die Brille nicht schnell genug irgendwohin tun kann, geht sie manchmal kaputt, dann muß er wieder mit dem Vater in das Brillengeschäft und zum Doktor, der die Augen untersucht. „Bist du schon wieder da?" fragt der Mann im Geschäft, wenn er Simon sieht und redet mit dem Vater. An der Nase blutet Simon schon mal, weil die Brille so schwer ist und drückt, hinter den Ohren tut sie oft weh, auch da blutet er, und die Brille rostet ein bißchen an den Bügeln und an den

Enden, die um die Ohren gehen. Immer wenn die Brille im Geschäft bleiben muß, schreibt und rechnet er vorne an der Wandtafel und an der großen Rechenmaschine mit den bunten Kugeln. Simon mag den Lehrer, der nicht mit ihm schreit und auch nicht mit den anderen, der nur selten schimpft, aber nicht böse dabei ist.

In der Klasse hat nur Simon eine Brille auf. Manchmal ärgern ihn andere wegen der Brille. Simon läßt sich das nicht gefallen, hört sich was an davon, und wenn sie nicht aufhören, sagt Simon wieder, daß er gleich die Brille abmacht und alle wissen, daß er dann um sich haut, auch sich mit Großen haut, ihm dann egal ist, wie groß die anderen sind. Ihm ist auch egal, wo er sie trifft, aber er zielt immer auf ihr Gesicht, weil er weiß, daß es da am meisten wehtut und sie auch da schnell bluten und dann aufhören. Diejenigen, die aus seinem Dorf kommen, ärgern ihn nicht damit, am Anfang mal Willi, doch der macht das nicht mehr, weil er weiß, daß Simon sofort haut. Eigentlich lassen sie ihn bald mit der Brille zufrieden, weil Simon gleich mit den Fäusten auf sie losgeht. Der Lehrer kümmert sich nicht darum, schimpft nicht mit Simon, wenn er sich wieder mal mit Hannes gehauen hat.

Wenn er sich mit Sonja zankt und hinter ihr her ist und nach ihr schlägt, schlägt er nicht richtig fest, wie er es bei Willi oder Hannes macht, weil sie sich nicht richtig wehren kann. Sonja ist aber ganz schnell, schlägt Haken und läuft in ihr Haus rein, wenn er ganz dicht hinter ihr ist. Simon läuft dann, wenn die Tür noch auf ist, hinter ihr her bis in die Küche, auch wenn Erna da ist. Als er mal ganz wütend auf Sonja ist, holt er sie wieder erst am Küchentisch ein und haut sich da mit ihr. Erna schaut zu, ohne was zu sagen oder zu machen, und Simon ist auch gleich wieder draußen, bevor Erna in festhalten kann. Am Abend schimpft die Mutter mit ihm, weil Erna es ihr erzählt hat. Dabei macht Simon das immer so, und Sonja haut schon lange zurück.

Ecki kriegt auf der Wiese mal was von einem Schafbock ab, der zum Hof von seinem Vater gehört. Wenn man dem Schafbock mit der Hand auf den Kopf schlägt, geht der sofort zurück und kommt wieder und stößt einen mit dem Kopf, wenn man nicht zur Seite springt. Simon macht das auch, am besten ist es, wenn das Schaf angebunden ist und nicht hinter ihm herkann. Wenn das Schaf ganz weit ausholt, hört Simon auf, dann hört auch das Schaf auf. Auf Ecki geht der Schafbock von ziemlich weit los, und Ecki hat nicht aufgepaßt, fliegt über die Wiese und liegt im Gras und kann nicht mehr Luft holen und kommt nicht mehr hoch. Dann läuft er zum Hof zurück und weint, weil ihm der Bock so wehgetan hat. Kurz danach kommt sein Vater mit einem Stock und schlägt dem Schafbock damit ganz fest auf den Rücken, was Simon nicht gefällt, denn der Bock ist nicht schuld gewesen, hat nur mit ihnen gekämpft. Das Tier tut ihm leid, als der Bauer es schlägt. Wenn er auf der Wiese ist, kämpft er immer ein bißchen mit dem Bock, aber immer nur ein bißchen, hört sofort auf, wenn er einen großen Anlauf nehmen will. Einen harten Kampf hat Simon mit der Gans, die zu Kroßmanns gehört. Sie läuft auf Simon zu, flattert wild mit den Flügeln und macht einen ganz langen Hals. Außerdem zischt sie böse. Simon läuft nicht weg, bleibt stehen, hat ein bißchen Angst, dann rennt er der Gans entgegen, will ihr selbst Angst machen, doch die hackt nach ihm mit dem gelben Schnabel und zischt dauernd. Simon dreht sich immer so, daß er sie sehen kann, haut nach dem Kopf der Gans, tritt nach ihr, haut aber mehr mit den Fäusten, spürt, wie sie seine Fäuste und Arme und auch die Beine mit dem Schnabel trifft, doch es tut Simon nicht weh, es ist ihm auch egal, ob es wehtut. Er schlägt immer noch nach ihr und tritt, dann kriegt er sie am Hals zu fassen, erst mit einer Hand, dann mit beiden Händen. Ganz fest drückt er zu, zieht und reißt am Hals, sieht die Augen der Gans dicht vor sich, sie sehen böse aus, aber auch Simon ist böse, hat jetzt überhaupt keine Angst mehr, drückt den Hals ganz fest und will die Gans am Hals rumschleudern, doch sie ist ziemlich schwer, Simon kriegt sie kaum hoch, dann läßt er sie los, weil er sie nicht mehr festhalten kann. Die Gans überschlägt sich im Gras, will wieder auf ihn los, doch Simon rennt schreiend auf sie zu, tritt und schlägt wieder nach ihr, bis sie wegläuft und dabei mit den Flügeln schlägt. Simon läuft weiter hinter ihr her, hört nicht auf sie zu jagen, über die ganze Wiese, und wenn sie sich umdreht und zischt, ist Simon wieder da und schreit sie an, läuft auf sie zu, er würde sie jetzt vielleicht sogar tottreten, wenn sie stehenbleibt und nicht wegrennt, so wütend ist Simon auf die Gans, der er vorher nichts getan hat. Erst viel später sieht er, daß er an den Händen und Beinen ein paar Schrammen hat, doch das ist nicht schlimm. Simon merkt bald, daß die Gans sich das alles gemerkt hat, denn wenn er sie jetzt irgendwo sieht, zischt sie immer noch, schaut ihn mit ihren Augen böse an, aber sie stürzt nicht mehr auf ihn los, bleibt da, wo sie gerade ist.

Max und die anderen versteht er oft nicht, erschreckt sich darüber, was sie tun, kann kaum zusehen, was sie machen mit kleinen Vögeln, die ganz nackt sind und nicht wegfliegen können und die sie gegen die Wand schmeißen, weil es Ötschen *(Spatzen)* sind, die Korn wegfressen und das dürfen sie nicht, die sind schädlich, deshalb schmeißen sie die Vögel einfach gegen die Wand. Simon tut keinem Tier was, kämpft mal mit dem Bock, doch das macht der gerne, das tut ihm nicht weh, oder mit Kühen, wenn er sie an den Hörnern packt und an ihnen zieht. Einmal probiert er aus, auf einer Kuh zu reiten, doch das hat die nicht gerne, rennt los und Simon fällt runter auf den Weg. Zwischen den Beinen tut es ihm weh, denn der Rücken der Kuh ist spitz und hart, darauf kann man nicht gut sitzen, außerdem hat eine Kuh nichts, an dem man sich festhalten kann, wenn sie losrennt. Von Lehrer Benner weiß Simon, daß man keine Tiere quälen darf und daß man nicht einfach so auf Pflanzen drauftreten soll, auch wenn sie nicht gerade die schönsten sind. Einmal legt er Sonja eine Blindschleiche in den Nacken, die sofort losschreit und um sich schlägt. Simon hat das bei den Großen gesehen, doch er will das nicht wieder tun. Ecki fängt eine große Heuschrecke, so groß wie Simons Zeigefinger, ein anderer fängt eine kleine Heuschrecke, und dann halten sie die beiden Heuschrecken voreinander und die große fängt sofort an, die kleine aufzufressen. Simon findet auch eine von den großen Heuschrecken, doch er läßt sie ein paarmal durchs Gras hüpfen, und dann läßt er sie zufrieden. Durch das nasse Gras am Bach kommt ihm eine Schlange entgegen, schlängelt sich an ihm vorbei zum Bach und Simon springt hoch vor Schreck und rennt erst mal weg, und als er zurückkommt, findet er die Schlange nicht mehr. Wildschweine sind auch da, alle sagen, daß die sehr gefährlich sind, doch Simon sieht sie immer nur vom Dorf aus mal, wenn es schon dunkel wird und er sie so gerade noch unten im Tal beim Bach erkennen kann.

Hinter Noltes Hof ist ein kleines Wäldchen, und in dem ist ganz am Ende, wo es raufgeht zu den Feldern, die Quelle, von der aus das Wasser runter in die Häuser läuft. Hier dürfen sie nicht spielen, doch Simon schleicht sich trotzdem ein paarmal hin, Sonja kommt meistens auch mit, und immer hebt er die Eisenklappe hoch, damit sie reinsehen können. Ein bißchen unheimlich ist das, so düster wie das Wasser ist und so kalt. Von der Quelle hört er nichts, sie macht keine Geräusche wie der Bach im Tal, ist mäuschenstill und dunkel. Auch hier sieht er eine Schlange, ganz schwarz, die ihm entgegenkommt, als er die Eisenklappe in der Hand hält. Vor Schreck läuft er weg, vor Schlangen hat er Angst, obwohl Lehrer Benner ihm sagt, daß sie ihm nichts tun, wenn er sie in Ruhe läßt. Nach der Begegnung mit der Schlange an der Quelle hat er eine Zeitlang ein komisches Gefühl, wenn er den Wasserhahn aufdreht, denkt daran, daß sie vielleicht durch die Leitung schwimmen kann und am Hahn rauskommt, wenn er gerade trinkt. Gefährlich ist das aber trotzdem mit der Quelle, denkt Simon mit Sonja zusammen, denn wenn sie mal reinstrullten, müßten alle das trinken. Simon strullt nicht rein, kein einziges Mal, und Sonja tut´s auch nicht. Das Wasser vom Bach trinkt Simon, auch von den kleinen Quellen, die er im Wald findet. Wenn er das Wasser nicht aus der Hand trinken kann, weil er nicht nah genug rankommt, ohne nasse Füße zu kriegen, legt er sich lang über die Quelle, stützt sich auf beide Hände und schlürft das Wasser wie Prinz oder wie die Kühe.

Irgendwie bekommt Simon Angst vor dem Nikolaus, weil der mit ihm schimpfen will und ihn vielleicht auch mit dem Stock haut. Jedenfalls sagt das Sonjas Mutter und lacht dabei ganz laut. Sie sagt auch immer, daß der Bläckarsch ihn und Sonja und die anderen Kinder alle holt, wenn sie nicht parieren, denn der ist nackt und rennt im Wald rum und holt alle frechen Blagen *(Kinder)*. Simon kann sich den Bläckarsch nicht richtig vorstellen, aber er hat große Angst vor ihm. Gesehen hat er ihn noch nie, keiner aus dem Dorf hat ihn bisher mal gesehen. Simon kriecht so weit er kann unter das Bett, um vom Nikolaus wegzukommen, als der mit ihm schimpft und mit dem Stock droht und macht sich ganz klein an der Wand. Doch dann ist das große Gesicht vom Nikolaus da, der unterm Bett zu ihm hinsieht, aber nicht durchpaßt und mit der Hand nach ihm greifen will. Simon hat schreckliche Angst vor dem weißen Bart und der roten Mütze, packt sich die Schuhe, die hier stehen und wirft sie mit aller Kraft und voll Wut in das

Nikolausgesicht, das er auch ein paarmal trifft. Dann hat er erst mal Ruhe vor dem Nikolaus und wartet so lange, bis alle rufen, daß er nicht mehr da ist, bevor er wieder unter dem Bett rauskommt. Gefallen lassen will Simon sich nichts mehr, auch nicht vom Nikolaus.

Das Christkind verpaßt er wieder, er schläft wie im letzten Jahr wieder ein, und morgens weckt ihn der Vater und lacht ihn aus. Neue Bauklötze aus Holz liegen da, wo seine Geschenke sind, dann noch ein Schlitten, ziemlich groß und schwer für ihn, mit dicken Eisenrohren, ein Ball und ein Aufziehauto und noch eins, das erst fährt, wenn er es ein paarmal über den Boden geschoben und Schwung geholt hat. Weihnachten ist schön, im Zimmer ist es viel wärmer als sonst, außerdem hat er einen Teller mit Schokolade drauf, mit vielen Plätzchen und bunten Klümpchen und noch anderen Sachen zum Schnuppen. Die Mutter zeigt ihm lange Strümpfe und eine Hose und noch Handschuhe, die das Christkind auch noch gebracht hat. Bei Sonja und Helga war das Christkind auch, doch bei denen kommt es schon viel früher, nämlich am Abend vorher, bei allen im Dorf ist das Christkind früher dran als bei Simon, warum, das weiß er nicht und der Vater weiß es auch nicht. Immer kriegen die anderen mehr vom Christkind als Simon. Nicht Werner und Hilde, auch nicht Sonja und Helga, denn das sind ja Mädchen und da bringt das Christkind sowieso andere Sachen, aber Willi und Ecki und Max kriegen immer mehr Sachen vom Christkind, und die zeigen sie Simon, wenn er bei ihnen vorbeikommt. Ein bißchen ärgert er sich dann darüber, aber nicht lange. Er weiß, daß die anderen schon immer hier wohnen und Kühe haben und Wiesen und Wald und deshalb bringt das Christkind ihnen bestimmt auch mehr Sachen als ihm.

Manchmal liegt der Schnee so hoch, daß man wieder nicht gut Schlitten fahren kann, weil der Schlitten ganz tief einsinkt und nicht richtig losfährt, selbst da nicht, wo es schon ordentlich steil ist. Am liebsten fahren dann alle auf dem Weg mit der S-Kurve ins Tal runter, denn der ist ziemlich steil, bis zur Brücke, wo das Dorf ist mit dem Haus, an dem Werner nicht gerne vorbeikommt. Nachher, wenn schon viele den Weg runtergefahren sind, fährt der Schlitten immer schneller, weil der Schnee nicht mehr so tief ist. Seinen eigenen Schlitten nimmt Simon nicht so oft, fährt lieber bei anderen mit. Meistens sitzt er dann ganz vorne, an erster Stelle, bei den großen Schlitten sowieso, aber auch bei den kleineren, auf den höchstens zwei Leute passen. Mit dem Vater fährt er besonders gern, weil der nicht so viel bremst wie die anderen. An der S-Kurve sind sie mal viel zu schnell und fahren durch den Stacheldrahtzaun. Simon spürt, wie der Vater ihn nach hinten zieht, sich mit ihm ganz flach auf dem Schlitten macht, sie fliegen durch die Luft und kullern durch den Schnee auf der Wiese. Simons Joppe hat was abgekriegt, vorne hat der Stacheldraht drei große Knöpfe rausgerissen, aber sonst ist nichts passiert. Der Vater untersucht ihn, klopft ihn ab und lacht. Sie hören erst auf mit dem Schlittenfahren, wenn es dunkel wird. Am längsten fahren sie auf der Wiese gleich neben dem Weg, die ist ganz breit und nicht gefährlich. Mit mehreren Schlitten hintereinander geht es los, zuerst langsam, weil es da ziemlich flach ist. Mit einem kleinen Schlitten ganz vorne wird gelenkt, und auf dem kleinen Schlitten sitzt fast immer Simon. Arthur lenkt mit dem kleinen Schlitten, und er fährt immer Kurven, und wenn es schnell wird, schleudern die hinteren Schlitten immer mehr, bis sie nacheinander umkippen und alle in den Schnee fliegen. Wenn Simon alleine fährt, liegt er immer auf dem Bauch, weil der Schlitten dann schneller ist und lenkt mit den Fußspitzen. Vorher nimmt er ordentlich Anlauf, läuft so schnell er kann, hält dabei den Schlitten vor der Brust, bis er sich draufwirft. Das machen nicht viele so, doch Werner schon, der kann das auch.

Das Eis auf dem Bach knackt und knistert, wenn sie mit den Schlitten darüber fahren, es biegt sich richtig durch, und es gibt kleine Risse darauf. Wenn sie über dieselbe Stelle nochmal fahren, steht meistens schon ein bißchen Wasser drauf. Das macht Simon nur mit Sonja oder auch mit Willi, Helga war auch schon dabei. Ein paarmal bricht er ein, weil das Eis zu dünn ist und er nicht aufpaßt, doch weiter als über die Knie sinkt er nicht ein. Da muß er bald nach Hause, und die Mutter schimpft, weil er vor Kälte zittert und die Hose an manchen Stellen ganz steifgefroren ist. Sonja ist auch schon eingebrochen und bekommt dafür Schläge von Erna.

Ein paar der großen Jungen müssen den runden Ofen im Klassenraum heizen, und wenn es richtig kalt draußen ist, glühen seine Eisenringe dunkelrot. Auch das Holz dafür müssen sie hacken, das im Schuppen gleich neben dem Schulhof liegt. Und daneben ist noch ein Schuppen, in dem die Abtritte sind, für die Mädchen und die Jungen. Für die Jungen gibt es noch eine Rinne aus Blech, wenn sie nur mal strullen müssen. Simon gefällt der Geruch nicht, der aus allen Ecken des Schuppens kommt, der Geruch ist anders als der Geruch auf den Abtritten im Dorf, irgendwie schärfer und ekliger, doch warum das so ist, weiß er nicht. Er geht nicht gerne auf den Abtritt in der Schule, auch nicht gerne zu der Rinne zum Strullen. Wenn er es schafft, spart er sich alles auf für den Wald, entweder wenn sie hingehen zur Schule oder auf dem Rückweg. Sonja macht das auch so, und einer sieht dem anderen zu, wenn er die Hose runterzieht, manchmal machen sie es auch zusammen. Meistens sind sie alleine unterwegs, weil die Großen aus dem Dorf früher in der Schule sein müssen. Simon geht sowieso lieber mit Sonja alleine, denn wenn die anderen dabei sind, sehen sie nicht so viele Tiere, auch können sie nicht für sich sein und mal stehenbleiben oder woanders hingehen, wobei sie schon mal die Schule vergessen und zu spät ankommen, einmal fast eine Stunde. Sie haben aber auch keine Armbanduhr wie Werner oder die anderen. Wie sollen sie denn wissen, wieviel Zeit sie noch zum Spielen haben? Wenn Lehrer Benner wieder neue Löcher im Schrank sieht, die mit dem glühenden Stocheisen reingebrannt wurden, oder wenn es wieder im Ofen Explosionen gibt, weil in Silberpapier gewickelte Streichholzköpfe reingeworfen wurden, packt er sich ein paar der Großen und legt sie über die erste Bank und verhaut sie dann mit dem Stock. Simon und Sonja müssen dafür raus aus der Bank, damit Platz genug dafür ist. Simon ist auch mal an der Reihe, hat heimlich und ganz schnell die Streichholzköpfe auf die glühenden Ofenringe gelegt, wo sie toll explodieren. Es brennt ganz schön, wenn Lehrer Benner schlägt, doch Simon ist deshalb nicht wütend auf ihn, denn eigentlich haben es alle ja auch verdient, daß Lehrer Benner sie über die Bank legt, wenn es nur nicht so wäre, daß man dabei in die Klasse reinsieht und alle, die dieses Mal nichts abkriegen, schadenfroh sind. Die Mädchen legt Lehrer Benner nicht über die Bank, sie müssen nachsitzen oder dürfen nicht mit, wenn Schulspeise abgeholt werden soll. Ganz oft läßt Lehrer Benner die Klasse singen, und Simon gefällt es sehr gut, was sie singen, ihm gefallen die Lieder, besonders gefallen ihm die hohen Mädchenstimmen. Ein Lied gefällt ihm ganz besonders gut, das kann er einfach nicht mehr vergessen, auch noch viel später nicht, wenn er schon älter ist. Da taucht am Ende eine blaue Blume auf, und wenn es um sie geht, dann klingen die hellen Mädchenstimmen zusammen mit den Jungenstimmen ganz herrlich für Simons Ohren, davon kann er nicht genug kriegen. Er selbst singt nur leise mit, nicht so laut wie Sonja oder auch Helga, die nicht weit weg von ihnen in der Bank ist, weil er nicht gut singen kann und sich deshalb schämt und den schönen Klang in seinen Ohren nicht kaputtmachen will. Lehrer Benner ist nicht lange böse mit einem, den er über die Bank legt, dann spricht er wieder normal mit ihm und hat den Stock weit fortgelegt. In der Klasse ist ein Mädchen, das ist schon groß, ist schon ein paar Klassen vor Simon. Sie wohnt im Dorf neben dem Dorf, in dem die Schule liegt. Da kommt er nur dann durch, wenn sie zu Fuß zu der kleinen Stadt müssen, in der auch das Geschäft mit den Brillen ist und auch der Arzt für die Augen oder das Haus mit der Schulspeise. Sophia ist ziemlich still, sie hat schöne Zöpfe, macht daraus manchmal auch Schaukeln mit bunten Spangen dran und immer, wenn er sie sieht, pocht Simons Herz ein bißchen schneller, und er hat ein ganz komisches Gefühl im Bauch. Doch Sophia sieht ihn nur selten an, obwohl er sie dauernd ansieht. Aber sie ist ja auch viel älter als er, auch wohnt sie so weit weg.

Der Vater ist oft nicht da, meistens nur an einzelnen Tagen, danach ist er wieder fort. Er fährt mit dem Fahrrad ziemlich weit zu einem Bauern, wo er dann bleibt und mit den Pferden und Kühen arbeitet. Dann bleibt er noch länger weg, und Simon hört, daß er nicht mehr bei dem Bauern arbeitet, aber wo er jetzt ist, kriegt er nicht raus, aber er fragt auch nicht viel danach. Irgendwann ist er auf einmal wieder da, und Simon freut sich darüber, obwohl er ihn nicht groß vermißt hat, aber er bleibt zwar länger, doch dann kommt er wieder nur an einzelnen Tagen.

Im Dorf kennt Simon sich gut aus, es gibt ja auch nicht so viele Häuser. Von allen weiß er, wer da drin wohnt, auch ein paar Namen kennt er, nur von dem einen Bauernhaus weiß er nicht viel, obwohl er oft in seiner Nähe rumstreicht und es auch nicht weit weg von Tante Gertrud steht. Ganz aus Holz ist es, mit einem großen, düsteren Balkon, auf den man einfach so raufgehen kann. Er hat ein banges Gefühl, wenn er davorsteht, und immer paßt er nach allen Seiten auf, ob einer auf ihn losgeht.

An einem Tag in der Woche kommt ein Auto den steilen Weg rauf, das laut knattert und aus dem Auspuff ziemlich stinkt. Brot kann man bei dem Mann kaufen, dem das Auto gehört, und Kuchen und Brötchen und runde und eckige Teilchen und noch viele andere Sachen, die man alle essen oder kochen kann. Das Auto steht auf dem Weg mitten im Dorf, und immer sind ein paar von den Frauen da und reden mit dem Mann. Simon hat kein Geld, doch die Mutter kauft ihm, wenn er mit ihr dort ist, eins von den runden Teilchen mit vielen Rosinen drin, von dem Simon ganz klebrige Finger kriegt.

Gegenüber bei Noltes bauen die Großen am Hang mit Gras und Stroh eine kleine Mauer, die für das Schiepeln *(kullern)* mit den Ostereiern bestimmt ist. Simon macht auch mit und paßt auf, daß er nicht immer verliert. Doch es geht mal so und mal so aus, und Simon weiß nicht, ob es besser ist, als erster sein Ei runterkullern zu lassen oder erst hinterher. Es ist schon komisch, wie lange manche Eier halten und wie schnell andere kaputtgehen. Am meisten freut er sich, wenn er Eckis Eier gewinnt, weil der immer so viele mitbringt und es ihm ziemlich egal ist, ob er welche verliert. Ganz ohne Eier geht Simon nie weg, ein paar gewinnt er immer, und bei Unentschieden behält sowieso jeder seine Eier, auch wenn sie angedötscht sind. Am Ende laufen sie meistens auf die große Wiese, auf der sie im Winter Schlitten fahren, und werfen gegenseitig Eier nach oben, so hoch es geht. Geht so ein Ei kaputt, das dem anderen gehört, kann man es behalten, bleibt es ganz, muß man eins von den eigenen abgeben. Am allerhöchsten kann es Werner, doch manchmal muß auch er ein paarmal werfen, damit das Ei endlich kaputtgeht.

Simon weiß, wo die Hühner Nester bauen und Eier legen, von denen die Leute nichts wissen. Sie legen da immer ihre Eier obendrauf, und die unteren sind schon alt und oft kaputt und stinken. Diejenigen, die oben liegen, nimmt Simon schon mal weg, sticht an den beiden Enden vorsichtig mit einem Nagel rein und saugt das Ei aus. Manchmal bricht das Ei auseinander dabei, und dann leckt sich Simon die Hände ab von dem gelben Zeug, was in den Eiern ist und das ihm gut schmeckt. Sonja verrät er schon mal die Nester, sonst aber keinem. Wenn die Leute vom Hof das Nest finden, nehmen sie die Eier weg und machen das ganze Nest weg. Bei den wilden Hühnernestern gibt es manchmal in den Scheunen auch Wespennester, die unter dem Dach hängen. Wenn Simon das sieht, bleibt er lieber weg. Einmal wirft er mit einem Holzstück nach einem Wespennest und rennt sofort so schnell er kann aus der Scheune ins Freie, aber sie sind sofort hinter ihm her, und eine sticht ihn auch gleich in die Hand, als er danach schlägt. Zwei kriechen ihm mal an der Hand unter den Hemdsärmel, und obwohl er sie mit der anderen Hand sofort zu Brei schlägt, stechen ihn beide noch. Es tut ziemlich weh und juckt noch lange an den Stellen, wo sie reingestochen haben.

Mit den Schwenkelbüchsen ist das so eine Sache. Simon sitzt gern am Feuer, er riecht den Qualm gern, sieht gern rein in die Glut und in die Flammen. Unten am Bach macht er schon mal Feuer an, weiß, wie er vorher kleine Stöckchen, ein bißchen trockenes Heu oder trockene Blätter und daherum kleine Äste zusammenstellen muß, damit das Feuer auch angeht. Und er weiß auch, wie er dann mit dem Feuer umgehen muß, daß es den ganzen Tag lang brennt. Auch mit den Schwenkelbüchsen kennt er sich schon aus, doch selbst hat er bis jetzt noch keine gehabt, kann sie auch nicht bauen, wie Werner oder Willi oder Ecki und Max. Aber er läuft mit, wenn sie unterwegs sind, sucht Holzstücke und Holzspäne für sie, kriegt auch die Büchsen mal zum Halten, wobei er dann auch damit schwenkt, nicht ganz hoch, aber so, daß die Glut immer durch die Löcher an der Seite zu sehen ist. In den Holzschuppen liegt immer was rum, was man in die Büchsen stopfen kann. An den Weidepfosten läßt sich meistens was von der Rinde runterreißen, aber Sägemehl, wie es in den Schuppen liegt, ist nicht gut, weil es die Glut oft ausmacht. Wenn die Glut mal klein geworden ist oder mal feuchte Holzstücke drin sind, schwenken sie die Büchse mit viel Schwung wie ein richtiges Rad herum. Im Dunkeln haut Ecki mit der Büchse gegen eine Wäscheleine und kriegt die Glut von oben ab. Er flucht und die anderen lachen ihn aus. Auf der großen Wiese neben dem Weg treffen sich am Ende alle, um die Schwenkelbüchsen hochzuwerfen. Vorher wird ordentlich Glut gemacht und so lange geschwenkt, bis das ganze Holz in der Büchse verbrannt ist. Die Glut ist so stark dann, daß die Büchse da, wo die Löcher sind, ganz rot glüht. Dann wird die Büchse ganz schnell rumgeschleudert und so weit nach oben geworfen, wie es geht. Das sieht toll aus, wie ein großer Regenbogen aus Funken, und Simon läuft dahin, wo die Büchse wieder auf die Erde kracht. Zwei- oder dreimal wird die Büchse hochgeworfen, weil immer noch ein bißchen Glut drin geblieben ist. Alle warten, wenn einer seine Büchse hochwirft und sehen ihm zu. Dann kommt der nächste dran, und das geht so lange, bis alle Büchsen leer sind. Am höchsten wirft wieder Werner, wie bei den Eiern. Simon will auch bald eine eigene Schwenkelbüchse haben und mitmachen. Schwer zu bauen sind sie nicht, denn Ecki hat sich mal eine ganz schnell neu gemacht, weil er die alte nicht mehr finden konnte. Simon hat sich Streichhölzer beschafft, hat sie mal an einem Feuer im Tal gefunden, wo sie einfach so herumlagen. Zeigen darf er sie keinem, weil er sie dann bestimmt abgeben muß. Die Schachtel ist nicht mehr ganz voll, doch das ist nicht schlimm, er wird ganz wenige davon gebrauchen, jedenfalls nicht gleich alle anzünden.

Mit dem Taschenmesser, das der Vater ihm schenkt, kommt Simon gut zurecht. Wenn er jetzt loszieht, hat er immer einen Stock und das Messer dabei. Die Stöcke schneidet er sich selbst. Gut dafür sind Haselnußsträucher, wo er sich einen Ast oder einen kleinen Stamm aussucht oder auch noch ganz kleine Buchenstämme, die mitten im Wald schnurgerade nach oben wachsen. Mit dem Messer schneidet er sie auf die richtige Länge. Wenn er Lust dazu hat, ritzt und schneidet er Muster rein, besonders da, wo er mit der Hand den Stock packt, aber auch noch ein bißchen drunter. Die anderen Jungen machen das mit ihren Stöcken auch, bei denen hat er das gesehen. Das Messer rutscht manchmal ab, und dann schneidet Simon sich damit in den Finger oder in die Hand, aber meistens in einen Finger. Wenn ihm was wehtut, ist das nicht so schlimm, aber wenn er sich in den Finger schneidet, schüttelt es ihn sofort vor Schreck. Bis auf den Knochen vom Finger schneidet er sich, besonders weh tut es nicht, zuerst passiert auch nichts, doch dann kommt das Blut raus, und Simon lutscht es in den Mund rein, es schmeckt süßlich, und ihm wird schlecht davon. Er kämpft an gegen die Tränen, die kommen wollen, steckt immer wieder den Finger in den Mund und lutscht das Blut, weil er es nicht sehen kann, wenn es aus dem Schnitt rausquillt. Wenn ihm einer zusieht, ruft er immer wieder: „Det net wieh, det net wieh." *(„Tut nicht weh, tut nicht weh.")* Er will nicht weinen, ruft immer weiter: „Det net wieh, det net wieh." Und dann weint er doch, kann nicht dagegen an, und er wird wütend, daß er nicht dagegen ankommt, will das aber nicht zeigen. Hubert, der Knecht von den Kroßmanns, aber auch die anderen, wenn sie sehen, daß Simon sich geschnitten hat oder ihm sonst was wehtut, rufen schon, wenn sie ihn sehen: „Det net wieh, det net wieh", und Simon ist dann wütend auf sie.

Beim Stöckeschneiden im Wald, ziemlich unten im Tal beim Bach, fällt Willi auf die Stelle, wo sie kurz vorher die Stöcke abgeschnitten haben, auf einen von den spitzen Stümpfen. Wenn Ellen von oben in Simons Lederhose greift und ihn untersucht, faßt sie auch sein Säckchen an, in dem zwei kleine Eier sind, das hat Simon so gehört und auch schon bei sich dran gefühlt. Genau damit fällt Willi auf den kleinen Stumpf und spießt sich damit auf, der Stumpf geht in sein Säckchen rein, und ganz viel Blut kommt raus, und Willi schreit ganz laut, und sie rennen mit ihm den ganzen Weg vom Tal bis zu Tante Gertrud hin. Simon tut schon weh, wenn er nur an Willi denkt und ist froh, daß er selbst nicht da reingefallen ist.

Wenn die Bäume dicht nebeneinanderstehen, klettert Simon bis ganz nach oben, und wenn er dann hin- und herschaukelt, kann er es oft rüber zum Baum daneben schaffen, greift nach den Ästen gegenüber und schon ist er drüben, braucht nicht mehr ganz runterzuklettern und auf der anderen Seite wieder nach oben. Manchmal klettert er nur über die Äste, braucht den Stamm in der Mitte nicht mehr, hangelt sich von Ast zu Ast, hat keine Angst, denn wenn er einen Ast nicht packen kann, was schon vorkommt beim Runterklettern, sind da noch andere Äste, nach denen er schnappen kann und die ihn auffangen. Das Schaukeln in den Kronen macht er gerne, und oft, wenn er alleine ist, bleibt er ganz lange oben. Fast immer geht ein bißchen Wind und macht Geräusche in den Blättern, die er gern hört. Von den Bäumen am Rand kann er überall hinsehen und die Felder beobachten, ohne daß ihn jemand dabei entdecken kann. Kaum noch einer kommt ihn suchen, wenn er zu lange wegbleibt, nur die Mutter schimpft mit ihm, weil er nicht zum Essen da ist und andere wieder Sachen von ihm gefunden haben. Simon ärgert sich immer, wenn er später noch mal los muß, weil er sein Hemd oder seine Jacke irgendwo hingeworfen und nicht mitgebracht hat, weil er einen anderen Weg zurückgeht. Wo die Bäume besonders hoch sind und ziemlich gerade nach oben wachsen und wenige Äste bis zu den Kronen haben, stehen ganz dünne Bäumchen, die nicht so hoch wie die anderen, aber auch schnurgerade sind. An ihnen klettert Simon so lange nach oben, bis sie sich, wenn er nach rechts oder links schaukelt, ganz weit zur Seite biegen, manchmal fast bis zum Boden, manchmal verhaken sie sich aber auch in anderen Bäumen und bleiben hängen. Dann turnt Simon wieder zurück zu dem dünnen Stamm und rutscht zum Boden runter, doch wenn es nicht zu hoch ist, dann läßt er sich fallen, denn der Boden ist vom vielen Laub fast immer ziemlich weich. Aber bevor er losläßt, sieht er sich den Boden genau an, weil da manchmal krumme Äste liegen oder dickere Steine. Wie ein Flitzebogen geht das dünne Bäumchen wieder nach oben, wenn er abgesprungen ist, noch kein einziges ist dabei mal gebrochen, und Simon ist schon so oft an welchen hochgeklettert. Am liebsten klettert er auf Eichen, da stehen die Äste ziemlich weit ab, nicht so eng wie bei den Buchen, wo die Füße oft hängenbleiben, weil die Äste so dicht am Stamm angewachsen sind. Tannen und Kiefern mag er nicht fürs Klettern. Schon wenn er sie nur anfaßt, klebt er mit der Hand fast fest, so viel Harz ist da überall dran. Und überhaupt, es sind einfach keine Kletterbäume, und es gibt sie auch viel weniger als Eichen und Buchen.

68

Auf eine Eiche kommen fast alle rauf, so tief gehen die Äste nach unten. Sie steht in dem kleinen Wäldchen, in dem nur Eichen sind, ganz wenige nur, es ist gar kein richtiges Wäldchen, gleich neben dem Weg, den sie zur Schule nehmen, in der Kurve, an der sie innen vorbeilaufen und abkürzen, und genau da ist das kleine Eichenwäldchen, das „Eechenböschelche". Vielleicht drei oder vier Eichen stehen da, doch nur die eine ist gut zum Klettern, ganz leicht, und sie ist die höchste von allen, aber nicht richtig hoch, nicht zum Angstkriegen. Fast alle klettern auf sie rauf, wenn sie aus der Schule kommen und noch alle zusammen sind, auch die Mädchen, doch die bleiben nicht lange oben, sind auch meistens nur auf den unteren Ästen. Werner zieht mal seine Hose runter und macht von ganz oben runter, als viele noch im Baum rumklettern und dann nicht wissen, wie sie wieder nach unten kommen sollen, weil viele Äste was abgekriegt haben. Für so was ist Werner immer gut, er lacht ganz laut, die anderen schimpfen über ihn und sind böse auf ihn, besonders die Mädchen, doch Werner stört das nicht.

Manchmal kommt Willi mit, einfach so. Simon sucht ihn nicht, denn Willi gehört mehr zu den Großen, aber er ist schon mal dabei, wenn Simon loszieht. Inzwischen kennt Simon ums Dorf rum den ganzen Wald, weiß viele Stellen, wo es Erdbeeren gibt und Waldbeeren und Brombeeren und Himbeeren. Die Mädchen kennen die Stellen auch, Sonja läuft mit ihm, auch Helga oft, Ellen eher weniger. Ellen gehört auch mehr zu den Großen, doch dann kommt sie plötzlich auch mit oder ist auf einmal da. Willi knöpft schon mal die Hose auf, den Latz vorne an der Lederhose, und holt seinen Pippimann raus. Meistens steht er dann ein bißchen weg. Er reibt an seinem Pippimann rum, ganz fest, ganz schnell und wird immer schneller, dabei macht er ein Gesicht, als ob ihm was wehtut. Simon weiß nicht, was er davon halten soll, sieht nachher gar nicht mehr hin zu Willi. Die Mädchen lachen, schimpfen auch schon mal mit Willi, kümmern sich aber nicht richtig um ihn und lassen ihn machen, was er da tut. Simon weiß nicht, warum Willi das macht. Willi ist irgendwie anders, Simon versteht ihn oft nicht. Das, was Willi mit seinem Pippimann macht, versucht Simon auch ein paarmal bei sich selbst, wenn niemand da ist. Was das Ganze soll, versteht er danach immer noch nicht, und er macht es nicht mehr. Wenn Willi wieder damit anfängt, ist es Simon ganz egal und den Mädchen bestimmt auch. Simon macht immer noch gerne Klimmzüge, am liebsten an dem Baum, der vorne am Weg steht, wo es runtergeht zu ihrem Haus, und immer ist es ein kribbeliges Gefühl um seinen Pippimann rum, ganz merkwürdig ist das, aber es gefällt ihm, und er macht es ziemlich oft. Auch wenn er auf Bäume klettert und sich ziemlich anstrengt dabei, hat er manchmal das Kribbeln zwischen den Beinen. Wenn Ellen in der Nähe ist, fühlt sich Simon ganz anders, nicht so, wie wenn Sonja da ist oder Helga und er hält still, wenn sie wieder mal ihre Hand von oben in seine Lederhose steckt.

Vor der Brücke staut sich der Bach und ist ordentlich breit und auch tiefer als sonst. An der Stelle baden sie oft, auch viele Leute aus dem Dorf, durch das sie durchmüssen, wenn sie einkaufen gehen und wo das Haus steht, vor dem Werner Angst hat, auch wenn er das nicht sagt, weil da die großen Jungen drin wohnen, die ihn schon mal gehauen haben und immer rufen, wenn sie ihn sehen. Das Wasser ist so tief, daß man von der Brücke reinspringen kann, aber nur da, wo das Wasser ganz dunkel aussieht und wo nicht die Strömung ist, sondern sich das Wasser ein bißchen dreht. Mit seiner Brille schleicht Simon sich an jemand ran, der gerade schläft und hält seine Brille wie ein Brennglas auf den Nagel vom großen Zeh, wenn er gut da rankommt und keiner was merkt. Wenn der Nagel ordentlich heiß geworden ist, springt derjenige auf und tanzt rum und rennt hinter Simon her, doch er kriegt ihn nicht, weil er schnell laufen kann oder auch ins Wasser springt und zur anderen Seite rüberschwimmt. Doch die meisten lachen, und auch später haut deswegen keiner Simon, aber sie schimpfen schon mal mit ihm, weil er das immer wieder macht, wenn die Sonne gut scheint.

Nicht weit von dem Platz, wo sie baden, steht eine Scheune. Da geht eine Leiter nach oben ins Heu, und ein Mann aus dem Dorf ruft Ellen hoch zu sich, doch sie will nicht raufklettern zu ihm. Dann ruft der Mann Simon, der auch gleich zu ihm hochklettert und von da nach Ellen ruft, weil der Mann ihm gesagt hat, daß er das tun soll. Er soll zu Ellen rufen, daß es prima im Heu da oben ist und sie vor nichts Angst zu haben braucht. Doch Ellen kommt nicht hoch und ruft, daß sie weiß, warum sie hochkommen soll und daß sie lieber nicht kommt. Simon klettert dann wieder runter und läuft zum Bach zurück und weiß nicht, warum Ellen sich so anstellt.

Ziemlich oben, da, wo es zur einen Seite runter zur Schule und auf der anderen Seite zum Dorf geht, haben die Großen am Weg einen Steinbruch gemacht, der fast so aussieht wie der große Steinbruch unten im Tal, in dem oft gesprengt wird, nur kleiner. Dann hört Simon vorher ein lautes Tuten, und dann hört er bald danach die Explosion oder auch gleich noch mehrere hintereinander. In dem kleinen Steinbruch am Schulweg spielen sie und fahren die losgebrochenen Steine mit den Holzlastwagen an eine Stelle im Wald, die ein bißchen tiefer nach unten hin liegt. Und da bauen sie mit den Steinen aus ihrem Steinbruch eine Straße, eine richtige kleine Straße, über die sie die Holzlastwagen schieben und die Straße immer weiterbauen, die richtig fest und lang wird und die sie später noch breiter machen. Max spielt hier auch mit, auch Werner, Ecki und Willi sowieso. Die Mädchen kümmern sich nicht um den Steinbruch und die kleine Straße. Jedesmal, wenn Simon vorbeikommt an der Stelle, sieht er nach der Straße, ob sie noch da ist und keiner sie kaputtgemacht hat. Die Stelle im Wald, wo der kleine Steinbruch und die Straße sind, nennen alle „Scheit". Da stehen die Bäume besonders dicht, und wenn Simon hier mal im Dunkeln vorbei muß, weil er im Dorf, wo die Schule ist, nicht früh genug losgelaufen ist, dann hat er ein bißchen Angst, auch dann noch, wenn andere dabei sind. Wenn Simon Angst kriegt, ist er wütend darüber, daß er nicht ankommt gegen die

Angst und bleibt absichtlich zurück und schaut ganz fest zu den dunkelsten Stellen im Wald rüber, um zu zeigen, daß er keine Angst hat und rennt, wenn er besonders wütend ist, auf die dunkelsten Stellen zu und sieht überall hin und sucht, ob da was ist und ob da ein Mann oder ein Räuber oder sonstwas ist, die ihm was tun wollen. Er ballt dabei die Fäuste und will sofort schlagen und hauen, wenn da jemand ist.

Bei der Kommunion von Hilde und Werner ist schönes Wetter und einige Onkel und Tanten sind dabei, die aus dem Rheinland kommen. Den ganzen Tag scheint die Sonne. Eine Oma ist auch da, doch mit ihr kann Simon nicht viel anfangen, und sie spricht so gut wie überhaupt nicht mit ihm, eigentlich spricht sie sowieso nicht viel, und wenn schon, dann meistens mit der Mutter. Simon schüttelt sich immer danach, wenn ihn Tanten umarmen und ihr Gesicht an sein Gesicht drücken. Nach dem Essen brechen alle auf zum Spaziergang zum Scheit rauf und dann Richtung Sonntagsschule. Simon haßt Spaziergänge mit Erwachsenen, denn die gehen so langsam und dauernd erzählen sie sich langweilige Sachen. Nur mit Onkel Johann kommt Simon gut zurecht, der weiß viel über Tiere und Pflanzen und hört auch zu, wenn Simon ihm was sagen will. Und lustig ist er oft, erzählt Simon Geschichten zum Lachen. Reingelegt hat er Simon mit der Sache, als er ihm einen Habicht zeigt und Simon fragt, ob er ihn auch sieht. Doch Simon sieht den Habicht nicht, während Onkel Johann dauernd zum Himmel zeigt und ruft, da sei doch der Habicht, da oben fliege er. Doch sosehr Simon sich auch anstrengt, er sieht nichts, nur blauen Himmel. Onkel Johann hält sich dran, fragt ständig, ob Simon den Habicht denn nun endlich auch sieht. Simon ist es leid, und damit Onkel Johann endlich Ruhe gibt, sagt er einfach, daß er den Habicht jetzt auch sehen kann. Onkel Johann lacht und sagt, daß er selbst aber keinen Habicht sieht, weil nämlich überhaupt keiner da ist. Ein bißchen ärgert sich Simon, schämt sich auch ein bißchen, weil er gelogen hat, lacht dann aber auch. Onkel Johann ist sein Patenonkel und arbeitet bei der Bahn als Schlosser und hat einen ziemlich harten Händedruck. Hilde hat ein weißes Kleid an, das schön aussieht, und sie hat auch noch was Glitzeriges in den Haaren. Weil es warm ist, hat Werner eine kurze Hose an mit einer Jacke, die dazu paßt. Mit den Sachen, die sie anhaben, kommen Simon die Schwester und der Bruder noch viel älter vor als sonst. Sie sehen richtig vornehm aus, dürfen sich so aber natürlich nicht dreckig machen oder einfach irgendwo hinsetzen. Die Mutter gibt Simon auch was anderes zum Anziehen, ein helles Hemd mit kurzen Ärmeln und für abends noch einen Pullover ohne Ärmel. Aber er darf seine Lederhose tragen, und darüber ist Simon sehr froh.

Melken kann Simon noch nicht richtig. Tante Gertrud zeigt ihm, wie das geht, sie hat zwei Kühe im Stall und bei denen darf Simon mal versuchen. Es kommt auch ein bißchen Milch raus, doch die Kuh schlägt mit ihrem Schwanz ziemlich um sich, aber nicht nach ihm, sondern mehr nach den vielen Fliegen. Am Ende kommt mehr Milch, und er stellt schon eine Schüssel unter das dicke Euter, aber viel Milch kriegt er noch nicht zusammen. Bei Tante Gertrud muß Simon nicht nach draußen, wenn er Pippi machen muß, sondern darf das in den Stall machen, in das Stroh bei den Kühen. Einmal, als sonst keiner da ist, ist er im Stall ausgerutscht und hingefallen und hat sich dreckig gemacht und riecht nach Mist. Tante Gertrud behält ihn gleich da, macht heißes Wasser in eine Blechwanne und zieht ihn ganz aus und stellt ihn in die Wanne, zieht sich einen Schemel ran, auf den sie sich setzt, und seift Simon von oben bis unten ein. Auch seinen Pippimann macht sie sauber und auch sein kleines Ärschelchen, wie sie dazu sagt, und dabei schlägt sie ihm ein paarmal drauf, nicht so, daß es wehtut, einfach nur so. Dann muß er sich in die Wanne setzen, damit sie ihm den Kopf und die Ohren waschen kann. Am Ende trocknet sie ihn ab, das macht sie ziemlich fest, dreht Simon dabei nach allen Seiten und als sie seinen Pippimann dabei trockenreibt, hat Simon das gerne, obwohl er sich fast ein bißchen schämt, aber er sagt nichts. Die ganze Zeit hört er Tante Gertrud laut atmen, eigentlich genauso, wie sie das tut, wenn sie Märchen vorliest. Bei allen anderen wehrt sich Simon, wenn sie ihn an sich ziehen und drücken, bei Tante Gertrud hält er still, sie ist immer lieb zu ihm, immer lächelt sie, auch wenn sie manchmal so klingt, als ob sie keine Luft bekommt. Wenn sie ihn anfaßt, ist das ganz anders als bei Ellen, irgendwie ist es ganz was anderes. Bei Tante Gertrud bekommt er immer was zu trinken oder ein Butterbrot, seine schmutzigen Sachen macht sie auch sauber. Beim Waschen sagt sie zu ihm, daß sie gerne Jungen wäscht, und dabei lacht sie und zieht ihn an sich. Und da Tante Gertrud immer nett und freundlich zu ihm ist, tut er ihr den Gefallen, aber es gefällt ihm selbst auch gut, wenn sie ihn wäscht. Der Mutter ist es egal, wenn er nach Hause kommt und so sauber ist, sie weiß, daß er bei Tante Gertrud gewesen ist.

Wenn es richtig warm ist, läuft Simon gerne barfuß herum, vor allem, wenn er in der prallen Sonne den Weg zum Scheit nimmt. Dann ist der Sand so heiß oft, daß er nicht lange auf einer Stelle stehen kann, weil er sich dabei fast verbrennt. Stoppelfelder tun ihm nicht weh dabei, denn er tritt seitlich gegen die Stoppeln, und außerdem sind seine Fußsohlen schon ziemlich hart. Aber sie sind auch sehr dreckig, sind richtig dunkel und die Mutter kriegt sie abends kaum sauber, wenn sie ihn packt, weil er mit den dreckigen Füßen so ins Bett will. Manchmal ist er froh, wenn Sonja mitkommt, nicht immer, aber nur alleine losziehen will er auch nicht an jedem Tag. Doch wenn sie mitkommt, vertragen sie sich gut. Sonja ist schnell, redet nicht immer, so daß sie viele Tiere sehen und Vögel, sie kann leise gehen, auch im Wald, tritt nicht auf jeden Ast, bewegt sich so wie er selbst. Sonja ist für ihn anders als Ellen. Sonja ist seine Spielkameradin, ihren kleinen Schlitz zwischen den Beinen kennt er genau, hat ihn oft genug gesehen und befühlt, Sonja kennt seinen Pippimann mit dem kleinen Säckchen dran auch, hat ihn ziemlich genau untersucht da unten. Deshalb machen sie das eigentlich überhaupt nicht mehr oder nur ganz selten noch, sondern spielen zusammen, streifen durch die Felder und laufen in den

Wald zum Klettern, und wenn einer mal muß, sieht der andere gar nicht mehr hin. Mit einem kleinen Beil ziehen sie los und hacken einen Baum um, einen kleinen nur, der ganz außen am Wald steht. Sie lassen ihn nicht liegen, sondern hacken noch die Äste ab und ziehen ihn dann über die Wiese hoch zum Haus. Das darf Simon auf keinen Fall mehr tun, sagt ihm der Vater, denn der Wald gehört einem der Bauern, und von den Bauern kriegen sie sowieso Holz geschenkt, obwohl die Bauern das nicht tun müssen, deshalb dürfen sie ihnen nicht noch weitere Bäume abhauen. Außerdem kriegt die Mutter von den Bauern noch mehr Sachen umsonst, deshalb dürfen sie nichts wegnehmen, was den Bauern gehört.

Beim Kühehüten fühlt Simon sich wohl, weil er dabei noch viele andere Sachen im Tal machen kann. Dabei ist er ja nie alleine, immer sind noch andere dabei, so daß er nicht immer aufpassen muß, daß keine der Kühe im Wald verschwindet. Prinz hilft nicht viel beim Aufpassen, eigentlich gar nicht, er sitzt bei ihm oder den anderen, ist überhaupt kein Jagdhund, ist immer da, wenn Simon irgendwas macht, ob eine Wassermühle aufstellen, Holz fürs Feuer holen oder am Bach über der Böschung liegen, um an Forellen ranzukommen, für die Kühe interessiert Prinz sich nicht. Wenn mal eine Kuh weg ist, müssen sie nach ihr suchen. Oft fällt das erst auf, wenn sie die Kühe wieder zum Dorf hoch treiben müssen, den Weg hoch, auf dem Simon mal eine Kuh reiten wollte und runterfiel, weil sie bockte. Meistens geht er beim Nachhausetreiben mitten zwischen den Kühen, denn dann ist es schon kälter draußen, und die Kühe sind warm, und wenn er mitten zwischen ihnen läuft, kommen sie mit ihrem dicken Bauch immer gegen ihn, sie wackeln hin und her mit den dicken Bäuchen, drücken Simon richtig zusammen zwischen sich. Die Bäuche sind warm und weich, Simon hat das gerne, so von den warmen Bäuchen gedrückt zu werden, und die Kühe kennen ihn schon, sie tun so, als ob er gar nicht da ist, laufen einfach nur den Weg rauf. Hinter ihnen gehen die anderen, die mit zum Hüten waren. Simon bleibt bis zum Melken im Stall, wartet so lange, bis er was von der warmen Milch zu trinken kriegt, die in Eimer und Kannen geschüttet wird. Und meistens darf er auch bei dem Bauern mitessen, dessen Kühe er mitgehütet hat. Zu Hause braucht er dann nichts mehr zu essen, die Mutter weiß das schon vorher und hat für ihn nichts mehr zu essen da.

Beim Bauern arbeitet der Vater schon lange nicht mehr, kommt noch seltener nach Hause als sonst. Wenn er da ist, sieht Simon ihn wenig, denn der Vater hat überall im Dorf zu tun oder unterhält sich lange mit der Mutter und mit Sonjas Eltern und den alten Leuten, die unter ihnen wohnen. Dann kommt er auf einmal mit einem Auto angefahren. Damit fährt er zum Arbeiten, ziemlich weit weg, ein grünes Auto, ein Volkswagen. Das Auto braucht er, um zu den Baustellen zu fahren und zu der Firma, für die er arbeitet und der das Auto gehört. Zum ersten Mal fährt Simon in einem Auto mit, und der Vater fährt so schnell, daß Simon richtig schwindelig wird, so schnell kommen die Weidenpfähle und die Bäume und die Böschung vorbei. Von da an, als der Vater immer mit dem Auto kommt, dauert es nicht mehr lange, bis Simon zu hören kriegt, daß sie umziehen werden, weg aus dem Dorf, ganz woanders hin, ins Rheinland, ziemlich weit weg, dahin, wo der Vater jetzt arbeitet.

In die neue Schule will Simon nicht, er hat ganz schlimme Angst davor. Er ist ganz alleine, Sonja ist nicht dabei, keiner ist da, auch nicht Werner oder Hilde, nur die Mutter, die ihn mitgenommen hat zu der Schule. Im großen Flur, wo es ziemlich dunkel ist, hängen viele Anziehsachen, und durch die Tür hört Simon Geräusche, hört Kinderstimmen und die Stimme von einer Frau, das muß die Lehrerin sein, die er nicht kennt, er kennt keinen, nichts kennt er hier. Die Schule ist so groß, viel größer als die Schule von Herrn Benner, in die er bisher ging, viele Fenster sieht er, als sie näherkommen und noch einen anderen Eingang als den, durch den sie jetzt reingegangen sind. Simon will nicht in die Klasse, die Tür geht auf und die Lehrerin kommt raus, spricht mit der Mutter, Simon sieht die Gesichter der Mädchen und Jungen aus der Klasse, die sich alle rumdrehen und nach der Tür sehen. Simon will nicht in den Raum, hält sich an einem der Haken fest, an denen die Anziehsachen hängen und schreit los, schreit und hält sich fest, so fest er kann. Die Mutter redet mit ihm, auch die Lehrerin, Simon schreit und weint, weil er Angst hat, in die Klasse zu gehen, wo so viele fremde Jungen und Mädchen sind und er jetzt überhaupt nicht mehr weiterweiß und nur noch wegwill. Die Lehrerin ist ihm unheimlich, sie hat böse Augen, sie gefällt ihm nicht. Auf einmal ist die Mutter fort, und die Lehrerin zieht ihn in die Klasse, und Simon wehrt sich nicht mehr, hört auf zu weinen, schämt sich vor den Jungen und Mädchen, daß er Angst hat und geweint hat.

Mit Werner schläft er zusammen in einem Bett, Hilde in einem anderen, das in einem Zimmer auf der anderen Seite vom Flur steht. Die Treppe müssen sie hoch, wie in dem Haus, wo sie vorher waren. Da oben im ersten Stock ist auch der andere Teil von der Wohnung, wo sie auch essen und sich aufhalten, und höher rauf geht es in dem Haus sowieso nicht, nur noch zum Speicher. Unter ihnen wohnen Tante Elsbeth und Onkel Oskar und noch Mechthild, Bernhard und Ilse. Mit Mechthild zieht er schon mal los, sie ist jünger als er, aber mit ihr kann er was anfangen, sie ist so ähnlich wie Sonja, spielt nicht mit Mädchen, immer mit Simon und anderen Jungen. Wenn Simon ums Haus herum ist, hat er es meistens mit Tante Elsbeth zu tun. Sie ist laut, überall hört man sie gut, so daß er nicht von ihr bei irgendwas überrascht wird. Auf den Abtritt im Hof geht er nur, wenn er muß, so schön sitzen und raussehen wie früher kann er nicht mehr. Er macht immer die Tür vom Abtritt zu und beeilt sich, weil es da nicht gemütlich ist.

Wald ist keiner in der Nähe, auch keine Wiese, und Bäume zum Klettern gibt es auch nicht nah am Haus. Simon gefällt es nicht, wo sie jetzt sind. Zur Schule ist es nicht so weit wie zur Schule von Herrn Benner, es gibt nur Straßen dahin, erst runter, dann die lange Straße an der Fabrik vorbei. Die ganze Zeit, bis zum Schulhof hin, fließt links ein Bach, der ziemlich dreckig ist und gelb aussieht und oft stinkt.

Vor Frau Schreier hat Simon Angst. Sie sieht oft mit ihren bösen Augen zu ihm hin. Sie schlägt ihn nicht, sie tut ihm nicht weh, aber sie beobachtet ihn so komisch, daß Simon immer aufpaßt, was sie gerade macht. Bald hat er keine Angst mehr vor ihr oder nicht mehr viel, aber er mag sie nicht, sie ist keine gute Frau, nicht so wie Tante Gertrud, und einmal hört er, wie sie über seinen Vater spricht und er hört was von einer Partei, sie sagt, daß sein Vater in der Partei war, und er hat das Gefühl, daß sie ihn dabei wieder mit ihren bösen Augen beobachtet, als sie mit anderen über seinen Vater spricht.

In der Klasse sind nur welche, die so alt sind wie Simon, keine jüngeren und keine älteren, alle gehen in dieselbe Klasse, nicht wie bei Herrn Benner, der alle Schuljahre auf einmal in der Klasse hat. Wenn Simon rangenommen wird von Frau Schreier, kann er das, was sie von ihm will. Von Lehrer Benner hat er in Rechnen, Lesen und Schreiben „sehr gut" gekriegt, und Simon kennt das, was Frau Schreier in der Klasse durchnimmt, alles schon. Deshalb langweilt sich Simon manchmal ein bißchen, zeigt das aber nicht. Aber er muß immer auf Frau Schreier aufpassen, denn die sieht immer zu ihm hin, und wenn sie durch den Gang geht, bleibt sie bei ihm oft stehen. Dann hält Simon ein bißchen die Luft an und ist froh, wenn sie wieder weggeht.

So eine wie Sonja findet er nicht mehr, außer vielleicht Mechthild, aber Ludwig und Kurt gehen in seine Klasse, sind so alt wie Simon selbst. Bei Sonja war das anders, da gab es keine anderen Jungen für ihn zum Spielen. Klettern können sie hier alle nicht so gut, jedenfalls nicht so gut wie er, und auch Sonja hätte den meisten von ihnen was vorgemacht. Auf dem Schulhof gibt es hinten eine Menge Bäume, die gut zum Klettern sind, nicht die großen vorne, die neben dem dreckigen Bach und an der Brücke stehen und viel zu schmal sind und keine guten Kletteräste haben. Alle wundern sich, wie schnell Simon raufkommt auf die Bäume und bis ganz nach oben klettert und auch schon mal von einem Baum zum anderen rüberwechselt. Kurt, den alle Kurti rufen, kann es bald auch schon besser, ist überhaupt schnell und gelenkig, redet nicht so viel, sie sind viel zusammen, und Simon besucht ihn auch zu Hause. Da ist seine Mutter, den Vater trifft er nie an. Kurti wohnt unterm Dach in einem Haus, das wie eine Werkstatt aussieht, und wenn er zu ihm will, muß Simon durch eine Tür in einer großen Mauer und dann eine schmale Treppe nach oben, aber sehr hoch ist es nicht, wo Kurti mit seiner Mutter lebt. Aus irgendeinem Grund nennen manche Kurti auch „Kanönche", was von Kanone kommt, aber sie erzählen nur von „Kanönche", rufen ihn nicht so. Simon nennt ihn auch Kurti, aber oft auch „Kanönche". Keiner weiß, woher er den Namen hat, er selbst auch nicht. Eigentlich ist Kurti Simons Freund, aber Ludwig wohnt näher zu ihm, wohnt auch in derselben Gasse, ziemlich am Ende, unten, da wo der dreckige Bach ist und auch die Fabrik, die Lederfabrik, bei der viele Rohre aus den Mauern rauskommen, und aus denen läuft fast immer dreckiges Wasser raus in den Bach und macht ihn noch brauner. Ludwig taucht oft auf bei Simon, oder Simon ist bei ihm, doch sie treffen sich immer draußen, einer ruft dann nach dem anderen, bis der rauskommt aus dem Haus. Ludwig hat auch einen Spitznamen, „Juckei", und bei ihm weiß auch keiner, wie er an den wohl gekommen ist.

Mit dem neuen Schuljahr kommt Simon von Frau Schreier weg, darüber ist er sehr froh. Frau Lanz ist die neue Lehrerin für seine Klasse, sie ist nicht so streng wie Frau Schreier, hat keine bösen Augen und ist auch viel jünger als Frau Schreier. Am liebsten schreibt Simon Aufsätze, weil er da oft alles hinschreiben kann, was ihm so einfällt. Oder auch Nacherzählungen, wenn Frau Lanz eine Geschichte vorliest, die sie danach aus dem Gedächtnis aufschreiben sollen. Simon kriegt vom Vater jetzt öfter Bücher geschenkt, die er abends liest oder bevor ihn Kurti oder Ludwig abholen kommen. Simon kann Frau Lanz gut leiden, sie schlägt keinen in der Klasse, schimpft noch nicht mal so richtig, auch wenn sie Streiche machen. Simon sitzt am Fenster, kann auf den Schulhof sehen und zu den Häusern am Rand vom Schulhof mit dem Geschäft drin, wo man Hefte und Bleistifte kaufen kann. Auf dem Fensterbrett landet eine Zeitlang Jakob, das ist ein Rabe, ein zahmer, der mit dem Schnabel gegen die Scheibe haut und mitfliegt, wenn die Klasse rausgeht und loswandert, meistens in die Richtung, wo der Sportplatz liegt. Doch

Sport machen sie da nicht, sie wandern raus in die Wiesen und zwischen den Feldern herum und halten sich an einem Bach auf, der in den Fluß läuft, der durch das ganze Dorf geht, nicht weit weg an der Schule vorbei, gegenüber von dem dreckigen Bach auf der anderen Seite der Schule, der an der Lederfabrik entlanggeht, bei der Schule aber noch nicht so gelbes und braunes Wasser hat, doch richtig sauber ist es auch hier nicht. Sie finden Kaulquappen, Frösche und Eidechsen, und unter Steinen krabbeln Köcherfliegenlarven raus, die merkwürdig aussehen, weil sie mit ihrem Ende in einer Hülle aus ganz kleinen Grashalmen und Blättern stekken. Alles bekommen sie von Frau Lanz erklärt, und das einzige, was keinem gefällt, ist, daß sie über jeden Ausflug einen Aufsatz schreiben müssen. Simon hört, daß ältere Jungen hier schon Frösche mit Halmen, die sie ihnen hinten reinstecken, so lange aufblasen, bis sie platzen. Simon könnte das nicht machen, hätte sowieso Angst, daß ihm was ins Gesicht spritzt. Und was Herr Benner wohl dazu gesagt hätte? Wenn sie zurückwandern, taucht Jakob manchmal wieder auf, und wenn nicht, dann haut er am nächsten Tag mit dem Schnabel wieder gegen die Scheibe des Klassenzimmers.

In der Klasse bei Herrn Benner ärgerte keiner mehr Simon wegen seiner Brille, weil er immer um sich schlägt, wenn einer damit anfängt. Das wußten alle und hatten keine Lust mehr, Simon wegen der Brille zu ärgern. In der neuen Schule ist das anders, da gibt es viel mehr Klassen, und auf dem Schulhof wimmelt es von Mädchen und Jungen, wenn Pause ist. Wenn die Schule aus ist oder auf dem Schulhof fangen Jungen damit an, aus der Klasse von Frau Lanz sind auch welche darunter. Sie rufen „Brillenschlange" oder „Brillo" und so was, lachen ihn aus und versuchen, ihm die Brille wegzunehmen. Simon ist der einzige mit einer Brille, er weiß keinen, der auch eine aufhat. Von den Mädchen ruft keines so was zu ihm, nur Jungen machen das. Simon läßt sich das nicht gefallen, geht sofort drauflos und fängt das Schlagen an, wenn einer nicht aufhört damit, läuft hinterher, wenn der wegläuft, der gerufen oder ihn ausgelacht hat. Wenn einer größer ist als Simon, ist ihm das egal, auch wenn er nicht gegen ihn ankommt, er weiß, daß er ihn auch mal trifft und ihm wehtut, deshalb schlägt er auch immer nach dem Kopf, nach dem Gesicht und deshalb bluten die meisten danach. Wenn einer aufhört, hört Simon auch auf, vorher nicht. So oft wie in der alten Schule bei Herrn Benner geht seine Brille hier nicht kaputt, wenn er sich mit einem haut; er versucht, die Brille noch schnell abzuziehen und sie einem in die Hände zu drücken, der ihn nicht auslacht wegen der Brille. Er sagt auch vorher nicht mehr: „Hür op oder ech donn de Brell aff", denn das ist den meisten egal. Von Berti Kramer reißt ihn Lehrer Strietz runter. Berti ist gemein, lacht ihn immer aus wegen der Brille, ruft ihn oft „Brillo" und macht Simon nach, wie er seine Brille aufhat. Simon nimmt ihn am Ende in den Schwitzkasten und wirft ihn auf den Boden, und weil Berti nicht aufhört, sich zu wehren, kniet Simon über ihm und haut ihn mit den Fäusten. Simon weiß, daß ihm keiner hilft, wenn er sich wegen der Brille haut und wehrt, auch Ludwig und

Kurti nicht, weil sie Angst haben. Kurti ist sowieso kleiner, wagt nicht, sich einzumischen, kann sich auch gar nicht richtig hauen. Frau Lanz schimpft nicht mit Simon, wenn er sich schlägt, auch Herr Strietz nicht, der ihn von Berti runterreißt, und Frau Schreier ist meistens nicht draußen.

Angst hat Simon vor Lehrer Browitz. Bei dem hat er keinen Unterricht, weil der die Schule leitet und die großen Klassen unter sich hat, aber er hat Angst vor ihm, große Angst. Wenn er Herrn Browitz sieht oder der ihm entgegenkommt, hält er immer ein bißchen die Luft an, ähnlich wie bei Frau Schreier. Mit einem Stock soll Herr Browitz schlagen, auf die Hände, die nach vorne gehalten werden müssen. Und Ohrfeigen haut er, ziemlich harte. Das macht er mit den Jungen wie mit den Mädchen, bei den Mädchen nur seltener. Simon kennt das aus der Kirche, wo Herr Browitz eine Bank hinter ihnen sitzt, gleich am Rand. Wenn einer vorne zu laut ist oder was raschelt, kommt Herr Browitz nach vorne durch den Gang, sie hören ihn nicht, so leise kommt er, ihm ist auch egal, daß gerade Messe ist und von hinten die Großen zusehen können, was er macht. Er packt schon mal einen mit zwei Fingern in die Bakke, dreht die Finger, läßt los und haut eine Ohrfeige, und das in der Kirche. Herr Browitz ist klein, sieht immer finster aus in seinem schwarzen Anzug, hat ein gelbes Gesicht mit vielen Flecken drin. Herr Browitz ist der erste Mensch, den Simon zu hassen anfängt. Es tut ordentlich weh, wenn er mit seinen Fingern in die Bakke packt und dreht und dann eine Ohrfeige haut. Kein anderer Lehrer macht so was, nur Herr Browitz.

An einem Nachmittag steht ein Panzer vor der Schule, so einer wie beim Bauernhof und den Kanonen, mit denen der schwarze Soldat kam, der die Treppe zu ihm runtersah. Das hier sind Engländer, die auf dem Panzer rumklettern und ihnen auch Kaugummi und Schokolade schenken. Simon darf in den Panzer von oben reinsehen und dann sogar reinklettern. Ziemlich eng ist das da und warm, trotzdem haben die Soldaten, die unten im Panzer drin sind, dicke Mützen an. Einer zieht Simon eine von den Mützen über den Kopf, sie ist viel zu groß für Simon und rutscht ihm über die Augen, dabei fällt fast seine Brille runter. Der Soldat lacht. Simon würde gerne mal mitfahren mit dem Panzer, doch das geht nicht, das dürfen die Soldaten nicht. Verstehen kann Simon nicht, was sie sagen, doch er weiß, was sie meinen. Es sind nur weiße Soldaten, Neger wie im Oberbergischen sind nicht mitgekommen, was Simon sehr schade findet.

Schräg gegenüber in der Gasse, wo sie wohnen, ist ein Bauernhof, da sind ziemlich viele Kinder, bestimmt zehn oder noch mehr. Der Hof ist der letzte an dieser Seite vom Dorf, daneben fangen schon die Felder und die Wiesen an, und die Hauptstraße geht auch an dem Bauernhof vorbei. So wie Simon bisher Bauernhöfe kennt, sind die Bauernhöfe hier sowieso nicht. Nicht einzeln stehen sie da, mit Wiesen dran oder Feldern, sondern sie sind ganz eng zusammengebaut wie normale Häuser, in denen sonst nur Leute wohnen, sie sind nur breiter vorne zur Straße hin, mit einem großen Holztor in der Mauer, das so groß ist, daß auch ein Heuwagen durchpaßt. Der Hof, auf dem die Pferde und Kühe in den Ställen sind, ist drinnen hinter dem großen Tor, und da sind auch der Misthaufen und die Jauchegrube und manchmal auch noch ein Garten und eine Menge Schuppen und Geräte. Mit den Kindern von dem Bauern schräg gegenüber will eigentlich keiner so richtig spielen, auch Simon weiß nicht, was er mit ihnen machen soll. Irgendwie hört er, daß mit den Leuten was nicht stimmen soll, die Erwachsenen reden schon mal über den Bauern und seine Frau und die vielen Kinder. Irgendwie sehen die Kinder alle ein bißchen schmuddelig aus, die kleineren haben immer Rotz an den Nasen, machen sich die Nase nicht sauber. Ein Mädchen ist darunter, das Simon eigentlich gefällt, doch er traut sich nicht, mit ihm zu reden und keines von den Kindern ist dabei, wenn Simon mit Kurti und den anderen zum „Ströfe" (Streifen) loszieht. In seine Klasse geht das Mädchen nicht, das ihm ein bißchen gefällt, dafür ein anderes Mädchen, aber das gefällt ihm nicht so gut.

In die Kirche muß Simon jeden Sonntag, manchmal an anderen Tagen auch zu Andachten am Nachmittag, wenn der Rosenkranz gebetet wird. Meßdiener will er nicht werden, hilft aber mit beim Läuten, wenn er Lust dazu hat und gerade da ist und die Großen ihn lassen. Wenn die Glocken erst mal richtig in Schwung sind, kann man sich prima vom Seil in die Höhe ziehen lassen. Das geht ein paarmal hintereinander, bevor er wieder am Seil ziehen muß, damit das Läuten nicht weniger wird. Bei den Andachten ist Browitz meistens nicht da, aber immer zu den Messen, und immer hat Simon Angst, wenn er den auf seinem Platz sieht, an dem er vorbei muß, wenn er zu den Bänken geht, wo die Schüler sitzen. Nicht immer klappt es, ziemlich in die Mitte der Bank durchzurutschen, denn da kommt Browitz nicht an einen ran, da sieht er von der Seite nur ganz böse hin, wenn er da was hört oder mitkriegt, was ihm nicht gefällt. Die ersten zwei oder drei in der Bank sind schlecht dran, denn wenn da einer zuviel Geräusche macht oder den Kopf zuviel durch die Gegend dreht und schwätzt, auch wenn er nur flüstert, dann ist Browitz bald neben ihm, einmal oder zweimal bleibt er nur neben der Bank stehen, dreht seinen Kopf und sieht mit seinem gelben Gesicht böse hin, beim nächsten Mal oder auch schon mal sofort packt er in die Backe, dreht seine Finger und haut eine Ohrfeige runter, mitten in der Kirche. Simon haßt den Mann jetzt. Er haßt keinen von den Jungen, mit denen er sich schlägt und haut, auch von den Großen, gegen die er nicht ankommt und die ihm schon ordentlich wehgetan haben, haßt er keinen, doch Browitz haßt er, denn Browitz ist böse und hinterhältig, schleicht sich ran, man hört ihn nicht, er ist auf einmal da, auch auf dem Schulhof oder in dem dunklen Gang vor der Klasse taucht er auf, ohne daß man ihn vorher hört, klein, ein bißchen dick, immer trägt er schwarze Sachen. Aber das Schlimmste sind seine Augen, mit denen er einen ansieht. Simon will nicht wegsehen, wenn Browitz ihn ansieht, doch er hält es nicht durch, sieht woanders hin, wenn es zu lange dauert. Simon kriegt von ihm eine Ohrfeige, weil er ihn zu lange ansieht und auch, als er mitkriegt, wie Simon sich mit einem auf dem Schulhof haut. Und in der Kirche kriegt er auch eine Ohrfeige von ihm. Simon ist wütend und wird immer wütender auf Browitz, weil er sich gegen ihn nicht wehren kann, ihn nicht mit seinen Fäusten schlagen kann. Er würde mit den Fäusten in das gelbe Gesicht schlagen, mit aller Wucht, wenn er dürfte, und sogar nach Browitz treten würde er, was er schon lange nicht mehr macht, wenn er sich mit anderen haut, weil er größer geworden ist und auch stärker. Auch muß er sich viel weniger hauen als früher, weil ihn keiner mehr wegen seiner Brille ärgert und „Brillo" oder so was ruft. Und mit seinen Freunden würde er sich niemals schlagen, jedenfalls nicht im Ernst. Balgen ja, ringen, bis einer unten ist und aufgibt, ja, aber nicht richtig schlagen, nicht wehtun mit Absicht.

Berge gibt es so gut wie überhaupt keine, man kann ganz weit sehen, wenn man aus dem Dorf raus ist, und von dem Haus, in dem sie wohnen, ist das nicht weit, um in die Felder und Wiesen zu kommen, vorbei an dem Bauernhaus mit den vielen Kindern, wo gegenüber, auf der anderen Seite der Hauptstraße, noch ein Lumpenhändler ist, und wo die Lumpen nach außen gegen die Bretter drücken und an den Ritzen raushängen, mit denen die Fenster zugenagelt sind. Nicht weit davon steht das Haus mit einem Laden drin, in dem die Oma wohnt, die bei Werners und Hildes Kommunion dabei war. Sonst hat Simon keine Oma mehr und überhaupt keinen Opa, sie sind alle schon lange tot, und er hat sie überhaupt nicht kennengelernt, und die Oma aus dem Laden spricht nicht viel mit Simon, kümmert sich nicht um ihn, wenn er mal in dem dunklen Haus mit den dicken Mauern auftaucht, in dem es immer kühl ist, auch wenn es draußen ganz heiß ist.

Beim Streifen sind sie immer zu mehreren Jungen, laufen einfach los, zwischen den Feldern und Wiesen lang, wissen nicht genau, wohin sie wollen, gehen einfach los und weg vom Dorf, und je weiter weg sie kommen, umso weniger müssen sie aufpassen, was sie machen. An die Wege halten sie sich nicht oder nur dann, wenn sie nicht anders vorankommen. Eigentlich kennen sie alles, was vor ihnen liegt, die paar Bäume, und ganz weit, manchmal im Dunst nicht mehr zu sehen, ein Wald, der aber so weit weg ist, daß sie nur selten bis dahin laufen, dann aber aufpassen müssen, weil da Jungen vom anderen Dorf schon mal auftauchen und meistens mehr sind als sie selbst und von denen vertrieben werden. Sie machen sonst nichts kaputt, wenn sie Möhren und Kohlrabi ausgraben, die es noch weit draußen in ziemlich wilden Gärten gibt oder auch Erbsen von den Sträuchern reißen. Gegen den Durst gibt es aber nichts, keine einzige Quelle, wie sie Simon kennt, und einen Bach oder Brunnen gibt es in den Feldern nicht. An manchen Stellen kann man kilometerweit sehen, so flach ist alles, und immer sagen die Leute, beim Gewitter soll man sich hinlegen, damit einen der Blitz nicht trifft. Einer vom Dorf ist mal getroffen worden vom Blitz, aber das ist schon länger her und Simon weiß nicht, wer das war. Er hat keine große Angst vor Gewittern, läuft nach draußen, wenn eins da ist und sieht zu, wie die Blitze in den Wolken zucken und wie es danach kracht. Wenn mal ein Blitz in den Schornstein der Lederfabrik einschlägt, saust er ganz schnell am Blitzableiter nach unten, ohne daß sonst was passiert. Auch wenn er keine große Angst vor Gewittern hat, ist er doch nicht so gerne weit vom Haus weg. Fast von überall draußen kann man immer noch den Kirchturm sehen, und die Kirchturmsuhr hören sie fast immer auch schlagen. Sie zählen die Glockenschläge mit, wenn keiner von ihnen eine Uhr hat. Kurti ist immer dabei beim Streifen, fast genauso oft Juckei und dann auch noch meistens ein paar andere, die mitwollen. So gut wie nie nehmen sie Mechthild mit, mit der läuft Simon manchmal alleine los, aber nicht so weit vom Dorf wie sonst beim Streifen. Sie ist ja jünger als Simon und die anderen, nicht viel jünger, aber sie kann nicht alles, was die Jungen machen, kommt nicht so gut auf die Mauern rauf beim evangelischen Friedhof, die ziemlich hoch sind und auf denen sie losbalancieren, um den ganzen Friedhof herum. Beim katholischen Friedhof geht das nicht, weil der keine Mauern hat und außerdem viel größer ist als der evangelische und immer Leute da sind.

Schon ziemlich weit weg vom Dorf, mitten in den Feldern, wo weit und breit sonst kein Baum steht, gibt es auf einmal ein kleines Wäldchen, jedenfalls kommt es Simon so vor, obwohl es gar kein richtiger Wald ist, denn die Bäume stehen im Kreis, ziemlich alte, große Bäume mit vielen Ästen und dunklen Blättern. Deshalb ist es da immer schattig und kühler als auf den Feldern. Zwischen den Bäumen sind viele Steine aufgestellt, wie Tafeln fast, auf denen die Namen stehen von den Männern, die im Krieg waren und totgeschossen wurden oder einfach nicht mehr zurückgekommen sind. Es sind fast alles Namen, die Simon kennt, die es oft im Dorf gibt, doch die Vornamen sagen ihm nichts. Kurti weiß mehr darüber, und auch Juckei und die anderen zeigen auf Namen, und dann entdeckt auch Simon seinen eigenen Nachnamen und den Nachnamen der Oma, die ja die Mutter seiner Mutter ist, wobei die aber jetzt denselben Nachnamen hat wie Simon und Hilde und Werner. Wenn Mais in der Nähe wächst, holen sie sich ein paar Kolben und legen sich damit ins Gras im Schatten der Bäume. Über die Mauer zu laufen lohnt sich hier nicht, weil sie so flach ist. Von der Mitte aus, wo das große Kreuz steht, kann man zwischen den Baumstämmen durchsehen über die Mauer weg bis zum Dorf und ganz weit auch in alle anderen Richtungen.

Ein Stück die Hauptstraße runter ins Dorf rein, auf der linken Seite, wohnt Meinrad mit seinen Eltern. Simon kennt nur Meinrad und seinen Vater, von der Mutter weiß er nichts, obwohl sie fast immer irgendwo im Hintergrund zu sehen ist. Meinrad kann nichts hören, kann auch nichts sagen, jedenfalls nichts, was einer verstehen kann, nur laut rufen kann er, manchmal hört es sich auch wie Gestammel oder Schreien an. Dabei strengt er sich oft so an, daß er rot im Gesicht davon wird. Taubstumm soll Meinrad sein. Er geht nicht auf ihre Schule, sondern auf eine besondere Schule in der Stadt, wohin er immer gefahren wird, vom Vater oder von anderen, dann mit dem Auto vom Vater. Nur ganz wenige im Dorf haben ein Auto. Meinrads Vater ist

Maler, macht auch große Figuren aus Holz und Eisen und noch mehr Sachen, die er verkauft in seinem Laden an der Hauptstraße. Simon hat aber noch keine Leute im Laden gesehen, die was bei ihm kaufen. Draußen läßt sich Meinrad nur wenig sehen, er macht auch nicht bei ihren Spielen auf der Straße oder auf dem Schulhof mit, der kein richtiger Schulhof ist, weil jeder darauf rumlaufen kann. Und beim Streifen ist Meinrad auch nicht dabei, Simon sieht ihn meistens nur, wenn wieder Filme bei Deisigs gezeigt werden. Charlie-Chaplin-Filme mag Simon besonders und Filme mit Dick und Doof, aber Herr Deisig hat noch andere Filme, die er abspielt mit seinem Filmapparat in seinem Laden, wo an der Wand dafür ein weißes Tuch gespannt ist. Manchmal reißt der Film, und dann macht Herr Deisig wieder kurz das Licht an, bis er den Film wieder geflickt hat. Limonade gibt es und auch was zum Essen, Plätzchen oder Kuchen. Am liebsten sieht Simon die Stellen, wenn Charlie Chaplin dem gefährlichen Verbrecher, der viel größer und dicker ist als er selbst, wieder mal die Gaslaterne über den Kopf stülpt und ihn so bewußtlos macht, bis die Polizei kommt, oder wenn Dick und Doof Kuchentorten ins Gesicht kriegen und selber mit welchen um sich werfen. Simon geht immer gerne zu den Deisigs, alle gehen gerne hin, und Herr Deisig freut sich, wenn viele da sind am Abend, wenn er die Filme zeigt. Gegen Meinrad hat keiner was, weil er nicht reden kann und nichts hören kann, mit seinen Händen um sich fuchtelt, wenn er seinen Mund verzieht und was zu rufen oder schreien anfängt, was keiner verstehen kann oder er einem genau auf die Lippen sieht, weil er so angeblich mitkriegt, was man ihm sagt. Keiner lacht über ihn oder zieht über ihn her, Meinrad ist in Ordnung, Simon mag ihn gut leiden, und er tut ihm eigentlich ein bißchen leid, weil er fast alles nicht mitmachen kann. Herr Deisig malt tolle Bilder, um die er große, vergoldete Rahmen macht, und ein paar davon stehen immer im Schaufenster, und wenn Simon auf dem Bürgersteig vorbeikommt, sieht er sie sich fast immer an.

Von den Mädchen in der Klasse gefällt Simon besonders Judith, aber auch Magdalene, doch am liebsten sieht er zu Judith hin. Judith sagt nicht viel, und wenn, dann nur leise. Wenn sie ihn mal ansieht, spürt Simon das sofort im Bauch. Judith wohnt gleich am Fluß, neben der Brücke und gegenüber von Tante Hildegard und Onkel Anton, die an der Stelle einen Laden mit Tankstelle haben. Wenn Simon längere Zeit nichts anstellt oder einen guten Aufsatz schreibt, der Frau Lanz gefällt, setzt sie ihn schon mal rüber in die Mädchenbänke. Dann darf er neben Judith sitzen, und das Mädchen, das sonst neben Judith sitzt, setzt sich rüber zu den Jungen, und Frau Lanz hat auch dafür einen Platz ausgesucht. Meistens gibt es dann noch mehr Platzwechsel, aber nur für eine kurze Zeit, dann müssen alle wieder zurück auf die alten Plätze. Auch neben Magdalene durfte Simon schon sitzen, aber mehr neben Judith. Mit Sonja hat er sich geschlagen, als er noch kleiner war, hat nach Sonja gehauen, wenn sie ihn ärgerte. Judith hat ein ganz helles Gesicht, ganz weich sieht es aus, nie könnte er Judith schlagen, niemals, nie. Sie ist bestimmt nicht so stark wie Sonja, auch nicht so kräftig wie Magdalene, sie würde bestimmt nicht zurückschlagen, wie es Sonja oft machte. Doch für Simon ist das alles nicht wichtig, außerdem haut er sich schon lange nicht mehr mit Mädchen. Nur Judith schreibt er manchmal kleine Briefchen, keiner anderen, und steckt sie ihr heimlich in das Kästchen mit den Buntstiften oder in eine Tasche ihrer Jacke, die draußen im Gang hängt. Sie schreibt ihm nicht zurück, doch sie liest sie und schaut zu Simon hin, wenn sie wieder einen findet, nicht immer sofort, aber irgendwann sieht sie ihn an, und Simon weiß, daß es wegen des Briefchens ist. Einmal schenkt er ihr ein Paar ganz kleine Schühchen, die er von einem der vielen Anhänger und Anstecknadeln abmontiert, die sie von den Ausflügen an den Rhein und woandershin immer mitbringen und meistens an kleine bunte Mützchen stecken. Sonntags fährt der Vater bei schönem Wetter oft mit ihnen los, dann laufen sie durch die Dörfer am Rhein oder besichtigen Burgen und Höhlen, bauen im Wald die Vordersitze vom Auto aus und stellen sie zum Sitzen auf den Boden, wenn sie was essen. An die Stoßstangen kommen grüne Zweige, wenn sie zurückfahren, vorne und hinten, und Simon sitzt immer auf der Rückbank zwischen Hilde und Werner.

Katzen können alle schwimmen, sagt einer, Simon weiß nicht mehr, wer es sagt. Einer greift sich das kleine Kätzchen, er wirft es nicht sofort in den Bach an der Lederfabrik, sieht sich um zu den anderen, dann wirft er es von der Mauer runter ins Wasser, das ganz dreckig ist und ganz langsam fließt, auf die Mühle zu, die nicht weit weg ist und wo der Bach durch ein Gitter rein in die Mühle verschwindet. Alle sehen der kleinen Katze nach, laufen an der Mauer entlang und sehen ihr zu, wie sie schwimmt, doch sie kann nicht gut schwimmen, paddelt mit dem Pfoten und wackelt mit dem Kopf hin und her und Simon meint, daß sie jetzt ertrinkt. Keiner tut was dagegen, außerdem wird der Bach immer breiter, und am Tor der Mühle kommen sie sowieso nicht weiter, müssen sie stehenbleiben. Der Kopf der Katze wird immer kleiner, aber Simon sieht noch immer, wie er hin- und herwackelt. Sie treibt auf das Gitter zu, in dem der Bach verschwindet. Neben dem Gitter geht ein Teil vom Bach vorbei an der Mühle, doch Simon will nicht mehr hinsehen, läuft weg, die Gasse rauf, will nur wegkommen und nicht mehr mitkriegen, wie die kleine Katze ertrinkt oder durch das Gitter in die Mühle treibt. Vielleicht aber schafft sie es noch raus aus dem Bach, kommt am Gitter vorbei und klettert raus, wo keine Mauer mehr ist. Simon fühlt sich ganz schlecht, haßt sich selbst und alle, die dabei waren und so was mitgemacht haben. Simon haßt sich ganz stark, weil er zu feige war, demjenigen das Kätzchen abzunehmen, der es in der Hand hält, bevor er es ins Wasser werfen kann. Nicht mal versucht hat er es.

Auf der großen Obstwiese gegenüber dem Friedhof, auf der anderen Seite der Straße, ist auf einmal Mechthild bei ihnen. Sie haben sie nicht mitgenommen, sie ist einfach da. Als sie sich an einen Baum stellt und ihre Lederhose runterrutschen läßt, ist sie ganz nackt, denn im Sommer zieht sie wie die Jungen auch nur eine Lederhose an und läuft barfuß rum. Sofort rennen alle zu ihr hin. Mechthild sieht da unten nicht anders aus als Sonja und nicht anders als Helga, die Simon auch schon unterrum so gesehen hat. Gerade, als sie sich Mechthild näher ansehen und befühlen, steht das große Mädchen heimlich zwischen den Bäumen, das in dem einzigen Haus wohnt, das am Friedhof liegt, da, wo die große Obstwiese anfängt. Simon ist das Mädchen immer etwas unheimlich vorgekommen, weil er es so selten zu sehen bekommt, und auf ihre Schule geht es auch nicht, meint Simon, vielleicht ist es schon aus der Schule raus, muß nicht mehr hin. Das Mädchen will zusehen, was sie mit Mechthild machen, redet so daher, doch irgendwie fühlen sie sich erwischt, sind fast böse auf das Mädchen, weil es sie heimlich beobachtet und springen an ihm hoch und wollen es überall anfassen, auch da, wo sich sein Hemd ein bißchen ausbeult, doch es wehrt sich, schimpft los und läuft weg, ohne daß einer hinter ihm herläuft.

Auf der anderen Seite vom Fluß, fast gegenüber der Obstwiese, wo mindestens genauso viele Felder und Wiesen sind, gibt es noch ein anderes Mädchen, das noch größer und älter ist als das Mädchen vom Haus am Friedhof, das immer irgendwie da ist, wenn Simon und Kurti oder noch mehr Jungen sich da herumtreiben. Es läßt sich mal anfassen, macht mal seine Bluse auf und läßt sie reinsehen. Simon hört, daß sie größere Jungen schon mal in ihre Bluse fassen läßt und noch mehr mit ihnen macht, was Simon nicht versteht. Irgendwie findet er es spannend, was so mit den Mädchen ist, weil es immer heimlich ist, irgendwie versteckt, keiner richtig drüber redet und wenn doch, dann wird getuschelt und geflüstert und gelacht. Von Judith kann er sich das überhaupt nicht vorstellen, daß sie so was mitmacht, daß sie sich auszieht vor ihm oder noch mehr Jungen und sich so anfassen läßt wie das große Mädchen.

Früher soll es eine Braunkohlengrube gewesen sein, jetzt ist es ein großer See, in dem sie schwimmen gehen, wenn es heiß ist. Am Anfang ist immer der Vater, manchmal auch die Mutter dabei, obwohl sie überhaupt nicht schwimmen kann. In den See darf nur rein, der richtig schwimmen kann, denn da gibt es kein Nichtschwimmer wie im Schwimmbad in der Stadt, sondern da geht es im Flachen auf einmal steil nach unten, was man nicht gut erkennen kann, wenn Wellen da sind. Mit einem Schritt steht man noch, mit dem nächsten Schritt ist man schon im Tiefen. Auch Werner und Hilde und noch mehr Große kommen oft mit, gehen mit rein ins Wasser. Wenn Simon unter Wasser die Augen aufmacht, gruselt es ihn richtig, wenn er weiter draußen ist und unter ihm alles schwarz wird, weil es da so tief runtergeht, wie mit riesengroßen Treppenstufen. Der Vater schwimmt mit raus, und wenn er nicht dabei ist, schreien die anderen, daß Simon näher am Ufer bleiben soll. Werners Kopf ist oft ganz klein, so weit ist er draußen. Ohne Fahrrad ist der See ziemlich weit weg, deshalb fährt Simon gerne bei anderen auf dem Fahrrad mit, auf der Stange oder auf dem Gepäckträger. Der Sand knirscht unter den Rädern, und Simon hat es gerne, wenn Werner oder ein anderer, bei dem er gerade auf der Stange mitfährt, an seinem Kopf vorbeikeucht, weil er sich beim Treten ordentlich anstrengen und stark Luft holen muß.

Auf dem Weg zum See kommen sie am „Samba-Moor" vorbei. Das heißt so, weil alles zu schwanken und zu wackeln anfängt, wenn man weiter drinnen auf der Stelle von einem Fuß auf den anderen tritt. Erst dauert es ein bißchen, bis man was spürt, aber wenn es einmal angefangen hat zu schwanken, dann ist alles um einen rum in Bewegung. Sie wissen, daß sie einbrechen können und hören auf damit, wenn es zu schlimm schaukelt. Mitten im Moor ist noch Wasser, ein kleiner See, doch da trauen sie sich nicht hin, und ganz am Ende, noch hinter dem Wasser, ist noch ein Fabrikgebäude zu sehen, ziemlich zerfallen, mit kaputten Fenstern. Hier soll auch mal eine Braunkohlengrube gewesen sein, noch vor der anderen, in der jetzt der See ist, in dem sie baden. In das „Samba-Moor" gehen nicht alle rein, von den Mädchen sowieso keins. Kurti hat keine Angst davor, auch Ludwig nicht, Alwin will jetzt öfter bei ihnen mitmachen, und noch ein paar andere trauen sich auch ins Moor. Mit dem Messer schneiden sie Schilfhalme ab, die ganz dicht wachsen und so hoch sind, daß es wie im Dschungel aussieht, von dem Simon oft liest in seinen Büchern. Und dunkel ist es mittendrin, und überall steht Wasser, und immer muß man aufpassen, wo man hintritt, damit man nicht einzusinken anfängt. Mit den Speeren aus Schilf bewerfen sie sich, und die fliegen ganz weit, weil sie so leicht sind, doch sie schweben hin und her, so daß man ganz schlecht mit ihnen zielen kann. So richtig hell wird es in dem hohen Schilf nirgends, und manchmal stinkt es darin ein bißchen nach Schlamm und Morast. Sie sind oft im Moor, viel öfter als im See, weil sie auch dann ins Moor können, wenn der See zu kalt zum Baden ist. Immer mal sieht Simon zu dem alten Fabrikgebäude rüber, wohin es keinen Weg gibt, nur Moor und Wasser. Wie es da drin wohl aussieht, ob noch Maschinen drin sind?

Daß sie die Eisenbahnwaggons zum Fahren bringen können, hat Simon nicht gedacht. Bis sie auf die Idee kommen, ins Bremserhäuschen zu klettern und die Bremse aufzudrehen und dann von hinten zusammen gegen den Waggon zu drücken. Ganz langsam fängt dann der Waggon an zu laufen, und wenn er erst mal rollt, dann hört er so schnell nicht mehr auf, weil es ein bißchen runtergeht. Sie springen auf die Eisenleiter am Bremserhäuschen und fahren mit, bis der Waggon wieder stehenbleibt, weil es nicht mehr weiter runtergeht. Sie nehmen den nächsten Waggon auf einem anderen Gleis, um auch mit dem zu fahren. Am Anfang müssen sie sich ordentlich gegen den Waggon stemmen, und manchmal geht es nicht, dann bewegt sich der Waggon nicht von der Stelle. Ein Gleis ist besonders lang, und wenn es da mit dem Waggon klappt, läuft der ziemlich weit runter, sogar über eine Weiche, die sie umstellen, wenn sie so steht, daß der Waggon nach rechts fährt, wo er bald nicht weiterkommt. Nach links geht es noch ein bißchen runter, und der Waggon wird so schnell,

daß sie daneben laufen müssen, wenn sie wieder auf-
springen wollen. Wenn die Arbeiter da sind und die
kleine Lokomotive mit den Waggons rangiert, gehen sie
nicht dahin oder gehen nur vorbei, wenn sie zum See
wollen oder zum Moor. Ob die Arbeiter merken, daß
die Waggons ein bißchen woanders stehen, wenn sie am
nächsten Tag wiederkommen?

Da, wo der richtige Zug fährt, warten sie so lange, bis er
kommt. Sie legen den Kopf auf die Schienen und spü-
ren ihn kommen, auch wenn noch nichts von ihm zu
sehen ist. Ganz leicht zittert auf einmal die Schiene, und
dann wissen sie, daß er bald da ist. Meistens sehen sie
als erstes von ihm den Qualm aus dem Schornstein. Sie
legen Kupferpfennige auf die Schienen, hintereinander,
aber nur ein paar, die sie gerade in der Hosentasche
haben, die der Zug ganz platt drückt. Die Schienen biegen sich durch, wenn die Räder der Lokomotive drü-
berrollen, Simon will es erst gar nicht glauben, weil es
doch Schienen aus Eisen sind. Doch sie biegen sich
durch, ganz wenig nur, und wenn der Zug vorbei ist,
sind sie wieder ganz gerade, und da, wo sie die Pfennige
hingelegt haben, sind nur ein paar rote und braune plat-
te Flecken noch zu sehen. Der Lokführer winkt ihnen
schon mal zu, ob er mit ihnen schimpft oder einfach
nur winkt, wissen sie nicht immer genau. Fast immer
läßt er die Dampfpfeife tuten, schon vorher, bevor er
an der Stelle ist, an der sie stehen.

Auf einmal ist Browitz tot. Simon sieht zum ersten
Mal einen Toten. Alle müssen an ihm vorbeigehen, an
seinem Sarg vorbei, der in dem dunklen Treppenhaus

ganz rechts im Schulgebäude steht, gleich unten, hinter der Tür, die offensteht, wo auch seine Wohnung ist. Simon hat noch immer Angst vor Browitz, sieht rüber zu ihm, auf das gelbe Gesicht, das ihm noch gelber vorkommt. Browitz hat vor sich die Hände gefaltet und liegt einfach so da. Simon könnte jetzt schreien vor Erleichterung. Endlich ist er tot, tot, tot. Er weiß, daß Tote einem nichts mehr tun können. Und das gelbe Gesicht da im Sarg wird ihm nichts mehr tun können, die gefalteten Hände werden ihn nicht mehr schlagen können, die Augen hat er zu, die bösen Augen, die Simon haßte wie nichts auf der Welt. Sie sind zu, werden ihn nicht mehr ansehen können und ihm nicht mehr Angst einjagen können. Simon haßt Browitz noch immer, noch stärker als sowieso schon, möchte laut schreien vor Wut und Erleichterung. Browitz ist endlich tot, tot, tot.

Alwin kommt öfter mit Simon nach Hause als Kurti, obwohl Kurti eigentlich sein richtiger Freund ist. Doch „Kanönche" bleibt lieber draußen, will nicht gerne mit reinkommen. Simon geht auch nur in fremde Wohnungen, wenn es unbedingt sein muß. Alwin hat irgendwie keinen Vater, wohnt nicht weit von der Schule ganz oben in einem Haus mit seiner Mutter, die Simon nur selten sieht, eigentlich kaum kennt. Alwin ist nicht so schnell wie Kurti, macht sich auch nicht so dreckig wie Simon und Kurti, wenn er draußen mal mitkommt. Lieber ist Simon mit Kurti zusammen, doch Alwin ist auch in Ordnung, auch wenn er mit ihm nicht so rauh umgehen kann wie mit Kurti oder Ludwig. Wenn Simon mit dem Vater am Sonntag in die Stadt fährt, um Dick- und Doof-Filme im Kino zu sehen, fährt aber Alwin meistens mit, auch Werner und Hilde manchmal, doch Kurti ist fast nie dabei.

Mit keinem anderen als Kurti kriegt Simon das mit dem Fahrrad hin, wenn sie zusammen auf einem Fahrrad fahren, jeder auf einer Seite mit dem Fuß auf der Pedale steht und sie dann losfahren und immer einer oben und der andere unten ist. Rauf und runter geht das immer, gar nicht langsam, und keinmal fallen sie dabei. Wenn sie den Schutzmann sehen, hören sie auf damit, doch der sagt nichts dagegen, auch wenn er das vorher schon mitgekriegt hat, dem ist das egal.

Einmal läßt Simon Kurti im Stich, und Simon hat ein ziemlich schlechtes Gewissen danach. Das passiert in der Obstplantage fast am anderen Ende vom Dorf. Über den Maschendraht zu kommen ist für Kurti und Simon nicht schwer, obwohl der ordentlich hoch ist, viel höher als normale Zäune. Sie wissen, daß derjenige, dem die Obstbäume gehören, große Hunde hat und daß er oft seine Plantagen kontrolliert und die Bäume in den Plantagen so in Reihen stehen, daß jeder von vorne bis hinten alles sehen kann, was dazwischen ist. Sie stecken sich gerade die Äpfel unter die Hemden und in die Hosentaschen und sind noch dabei, als Hunde losbellen und sie den Mann, dem alles gehört, schreien und schimpfen hören. Voller Angst flüchtet Simon zum Zaun, Kurti mit ihm, aber Kurti schafft es nicht, so schnell über den Zaun wieder nach draußen zu kommen. Simon ist auf der anderen Seite vom Zaun, läuft noch weiter weg und hört, wie Kurti Ohrfeigen kriegt von dem Mann und wie er aufschreit und weint und wie die Hunde bellen. Gebissen wird Kurti aber nicht von ihnen. Es kommt raus, daß auch Simon in der Plantage war, doch der Vater schimpft mit Simon nicht, wenn er etwas angestellt hat, eigentlich tut er das nie. Auch nicht, wenn mal Leute zu ihm kommen, um über Simon zu schimpfen oder weil er sich wieder mit einem gehauen hat oder sonstwas gemacht hat. Simon braucht auch nicht über andere zu schimpfen, wenn er selbst was abgekriegt hat, denn der Vater lacht ihn dann aus und sagt, daß er sich eben besser wehren soll oder sich nicht erwischen lassen darf. Mit Kurti ist danach alles in Ordnung, Kurti ist nicht böse auf ihn, weil er weggelaufen ist, dafür hat ihn ja Kurti verraten, als er die Ohrfeigen kriegte.

Wenn sie kleine Steinchen gegen die Fensterscheiben werfen oder laut schreien, kommt der alte Mann bald raus und schimpft mit ihnen, doch sie machen so lange weiter, bis er hinter ihnen herkommt. Bis zu den Bäumen auf dem großen Platz, auf dem sie auch in der Schulpause rumlaufen, ist es noch weit, jedenfalls bis zu den Bäumen, auf die sie raufklettern können. Unter den Bäumen bleiben sie dann stehen und warten so lange, bis der Mann ganz nah rankommt, laufen von einem Baumstamm zum nächsten hin. Gewonnen hat derjenige, der als letzter auf einen Baum hochklettert, ganz schnell muß das dann gehen, weil der alte Mann auf einmal noch ganz schnell läuft und er einen nicht kriegen darf, denn dann haut er einem Ohrfeigen runter, zieht an den Ohren und will es auf jeden Fall melden. Er arbeitet nämlich an der Schule, macht sauber und legt Kreide hin, wenn keine mehr da ist. Doch wenn er keinen fängt, kann er keinen melden, denn er erkennt einen nur, wenn er einen festhält und genau hinsehen kann. Auch ist der Mann nicht lange böse auf sie. Am besten klettert Simon mit Gummistiefeln, die er oft anzieht, wenn es kälter ist und er auch deshalb keine kurze Hose mehr anhat. Ganz glatte Stämme kommt er so noch besser rauf, Äste braucht er nicht, jedenfalls nicht am Anfang, er muß nur um die Stämme rumfassen können mit den Armen. Nur Kurti kann das auch noch, aber er geht nicht so hoch rauf, braucht auch ein bißchen länger. Doch Simon weiß, daß er sich darauf nichts einzubilden braucht, denn die anderen sind nicht so oft im Wald gewesen wie er, kennen sich nicht so gut im Klettern aus.

Auf dem Platz steht neben dem Fluß ein großer Turm, von dem Simon nicht weiß, wozu er da ist. Er soll angeblich mit der Feuerwehr zu tun haben, doch Simon hat nie gesehen, daß mal jemand unten an der Eisentür war oder sonstwer von den Großen hingegangen ist. Da klettert Simon hoch, als er alleine ist, zuerst an der Mauer, dann an einer Ecke den Eisengittermast weiter, bis oben unter das Blechdach. Schwer ist es nicht, er kann sich überall gut festhalten, muß nur aufpassen, wenn er irgendwo hinpackt, daß er sich nicht in die Hände schneidet, denn es gibt eine Menge Löcher in dem Gittermast, die vom Krieg sind, weil auf den Turm geschossen worden ist. Auch in den Mauersteinen unten gibt es deshalb prima Löcher zum Klettern. Auf das

Dach zu kommen ist am schwierigsten, weil da auch Löcher mit scharfen Kanten drin sind, in die er packen muß, um raufzukommen. Am Schluß rutscht Simon weiter nach oben und setzt sich auf den kleinen Giebel, der überhaupt nicht steil ist. So hoch war er noch nirgendwo, vielleicht mal auf einem der großen Bäume im Wald, die schnurgerade nach oben wachsen, doch da sind immer Bäume daneben und Äste und Blätter. Doch vom Turm hier kann er über alle Bäume auf dem Platz wegsehen, auch über die großen, auch über das Dach von der Schule. Einen Augenblick kriegt er Angst, als er wieder runterklettern will. Auf dem Blechdach gibt es nichts zum Festhalten, nur die Löcher vom Krieg, und er muß sich auf den Bauch legen und zur Kante rutschen und sich in den Löchern festhalten und mit den Füßen nach dem Gittermast treten, ohne was zu sehen, bis er ihn hat, erst mit dem einem Fuß, dann mit dem anderen Fuß. Danach ist es leicht runterzuklettern. Ein paar Leute sehen ihn auf dem Turm, doch Simon wird später nicht ausgeschimpft, von keinem, und der Vater weiß nichts davon, vielleicht ist Simon auch gar nicht erkannt worden.

Judith ist nicht dabei, als sie sich mit ein paar Mädchen treffen, die alle aus der Klasse sind, aber Magdalene, die er auch gern hat, ist mitgekommen. Sonst treffen sie sich nie mit Mädchen, sind mit ihnen nur zusammen in der Klasse, nicht mal auf dem Schulhof, wo die Mädchen für sich sind und die Jungen für sich. Aber dieses Mal sind sie zusammen, am Fluß, wo große Pappeln stehen und wo es zum Fußballplatz geht. Es sind genauso viele Mädchen da wie Jungen, und es dauert ein bißchen, bis sie sich gegenüberstehen, in Reihen, zwischen den Bäumen, immer ein Mädchen gegenüber einem Jungen. Und jeder hat sich schon ein Mädchen ausgesucht, vor dem er stehen will, schon vorher, als sie zum Fluß laufen und die Mädchen schon da sind. Simon hat sich Magdalene ausgesucht, weil er sie von den Mädchen, die da sind, am liebsten hat. Auf ein Kommando laufen die Jungen vor und küssen die Mädchen auf den Mund, die dabei lachen und kichern. Simon küßt zum ersten Mal ein Mädchen auf den Mund. Das ist was ganz anderes, als wenn ihn die Tanten abküssen oder die Frauen von den Bauernhöfen, die ihn auch nur auf die Backe küssen, und meistens wehrt er sich ein bißchen dagegen. Magdalenes Mund schmeckt süß, einen richtig süßen Geschmack hat Simon gespürt und ist ziemlich aufgeregt dabei. Ob Judith sich das gefallen lassen hätte?

Ziemlich an derselben Stelle, zwischen den Pappeln, schafft es Ludwig mal, am weitesten zu schiffen. In einer Reihe stellen sie sich auf, Simon muß gar nicht richtig, macht aber trotzdem mit, doch sein Strahl ist ziemlich kurz. Ludwig zankt sich noch mit anderen rum, ob er wirklich am weitesten gekommen ist.

Simon weiß nicht, was der Mann in der Stadt vom Vater will, der auf einmal auf dem Bürgersteig vor ihnen steht und ihn anschreit. Simon ist schon fast vorbei, die Mutter und Werner und Hilde sind um den Vater herum, der nichts sagt, den Mann nur ansieht und lächelt, das kann Simon von der Seite erkennen, sonst macht der Vater nichts. Simon hört, wie der Mann was von einer Partei schreit, in der der Vater gewesen sei und daß er sich schämen soll, daß er ihn ins Gesicht schlagen würde, wenn er das dürfte, weil er in der Partei gewesen sei und an allem Schuld sei. Simon gefällt nicht, wie der Mann den Vater anschreit, und ihm gefällt nicht, daß der Vater sich das so gefallen läßt. Ein paar Leute bleiben noch stehen, doch dann geht der Mann, der geschrieen hat, weiter und der Vater geht mit ihnen auch weiter. Simon schämt sich, weil der Vater sich nicht gewehrt hat vor den vielen Leuten, die zugesehen haben. Oft muß er daran denken. Er hört, daß der Vater irgendwas geleitet haben soll in der Partei, doch was für eine Partei, weiß er nicht und er fragt auch nicht weiter, weil er sich schämt. Später denkt Simon daran, daß er, wenn er größer geworden ist, vielleicht den Mann, der den Vater so angeschrieen hat und mit Schlägen gedroht hat, selbst mal kriegen und schlagen kann, daß der sich nicht mehr wagt, den Vater so anzuschreien. Simon versteht nicht, warum der Vater sich nicht gewehrt hat, und er schämt sich noch lange für ihn.

Anfangen damit tun die Großen, Werner und seine Freunde. Sie graben eine Höhle in einen Abhang. Das ist noch ein Stück am Friedhof vorbei, den Weg runter, wo man zum Fluß kommt und auf der anderen Seite der Fußballplatz ist. Simon kriegt das bald raus und will mitmachen und Kurti und Ludwig und Alwin auch. Sie helfen beim Graben, kriegen dafür die Spaten und Schaufeln der Großen, und als die keine Lust mehr haben, machen Simon und seine Freunde allein weiter. Simon hat einen kleinen grünen Spaten aus dem Auto vom Vater, der umgeklappt werden kann und dann eine Hacke ist. Zuerst geht die Höhle geradeaus, und Simon gräbt gerne ganz vorne, da ist der Lehm kühl und weich, und er hackt ihn los und schiebt ihn hinter sich, damit derjenige hinter ihm den Lehm weiter nach hinten schiebt und so weiter; die letzten schaufeln und kratzen den Lehm bis nach draußen vor die Höhle. Schon von weitem ist der gelbe Lehm an dem Abhang zu sehen, wenn sie wieder zur Höhle gehen. Als sie weit genug geradeaus gegraben haben, machen sie eine Abbiegung nach rechts. Auch da ist der Lehm schön weich und kühl, und wenn Simon vorne gräbt, ist es da richtig dunkel schon, und sie machen den Gang nicht so hoch wie den geraden Gang, nur so viel, daß einer auf Knien gut reinkann und den Kopf nur ein bißchen dabei einziehen muß. Der gerade Gang hat eine gerade Decke, den Gang nach rechts machen sie oben rund, weil das stabiler ist und er deshalb nicht so schnell einstürzen kann. Vorne wird es immer dunkler, und außer Simon will da keiner mehr graben. Deshalb machen sie einen zweiten Eingang zur Höhle neben dem ersten Eingang. An der Stelle ist die Höhle jetzt viel breiter als vorher.

Mechthild gräbt nicht mit, keiner nimmt sie mit, weil man sie dafür nicht gebrauchen kann. Als es mal ganz heiß draußen ist und Simon und Ludwig in der Nähe sind, gehen sie wieder rein in die Höhle, ohne zu graben, einfach so. Mechthild ist hinterhergekommen. Sie läuft vor bis an die Stelle, wo der Gang nach rechts abgeht, stellt sich an die Wand und zieht ihre Lederhose runter, und weil sie sonst nichts anhat, ist sie ganz nackt. Sie befühlen sie zwischen den Beinen, sehen sie sich genau an, und sie hält still, bis sie fertig sind. Mechthild hat ganz weiße Haare, genauso, wie es bei Simon war, als er noch kleiner war, deshalb kann man sie immer gut schon von weitem erkennen.

Nachdem sie nicht mehr weitergraben wollen an der Höhle, geht Simon nicht mehr hin. Schnecken klettern im Eingang rum und auch davor. Der Lehm draußen ist grau, nicht mehr so gelb wie am Anfang, und als sie nach langer Zeit wieder mal vorbeikommen, ist der Eingang eingestürzt, jedenfalls kann man nicht mehr rein. Der Gang weiter hinten ist nicht eingestürzt, davon ist Simon überzeugt.

Zu den Zigeunern soll Simon nicht hingehen, sagt die Mutter zu ihm, das sagen alle zu ihm, mit Zigeunern soll man nichts zu tun haben. Sie sollen stehlen und überhaupt, sie sind nicht gut, treiben sich rum, nehmen Wäsche von den Leinen und sind böse und schlecht und wollen nur betrügen. Wenn die Zigeuner wieder mal auf dem großen Platz an der Schule mit ihren Wagen stehen, weiter hinten, wo die Bäume anfangen, geht Simon trotzdem hin, am liebsten alleine, ohne andere, die ihn verraten können. Die meisten von den Zigeunern kann er nicht verstehen, aber einige doch, weil sie ein bißchen so reden wie er selbst, nicht ganz so, aber er weiß meistens, was sie meinen. Immer haben sie ein Feuer an, und wenn Simon kommt, sehen sie ihn alle an, und Simon weiß nicht, was er machen soll, bleibt einfach stehen und sieht zum Feuer hin oder zu den

Pferden. Ein paarmal geht das so, und dann winkt ihn eine Frau ans Feuer, und Simon geht zu ihr und setzt sich neben sie, wo sie Platz gemacht hat. Die Frau kann er nicht verstehen, aber den Mann neben ihr, der auch mal lächelt und eine Lücke in den Zähnen hat. Aber viel sagt der Mann nicht zu ihm, die anderen sehen mal zu ihm rüber, reden untereinander, aber Simon versteht nichts davon. Am nächsten Tag ist Simon wieder da, wieder alleine, erzählt keinem was davon, auch Kurti nicht. Trotzdem schimpft am Abend die Mutter mit ihm, weil er bei den Zigeunern gewesen ist. Das sei Pack, sagt die Mutter zu ihm, er soll da wegbleiben und daß er da nichts zu suchen habe und was er da überhaupt wolle. Simon geht wieder hin, ihm gefallen die Zigeuner, sie lächeln jetzt, wenn sie ihn sehen, und er kann sich immer ans Feuer zu ihnen setzen, wenn er das will. Auch sagt schon mal einer seinen Namen. Irgendwie gefallen ihm die Zigeuner, Simon ist sogar ein bißchen stolz, daß sie ihn zu sich ans Feuer lassen, und dann kriegt er sogar mal was zu essen von ihnen, was alle essen, einen Pfannkuchen oder so was ähnliches jedenfalls, nur nicht so süß, wie ihn die Mutter macht und keine Rosinen oder Äpfel drin. Doch sie schmekken ihm gut. Die Zigeuner laufen im Dorf rum und wollen Scheren und Messer schleifen. Die Mutter gibt ihnen nichts, schickt auch die Frauen weg, die betteln kommen. Simon gefallen die Frauen, sie haben braune Gesichter, ganz schwarze Haare, die Männer auch. Mit einem Mädchen freundet er sich ein bißchen an, und er sitzt neben ihm am Feuer, als er wieder hingeht. Simon meint gesehen zu haben, daß von den Frauen, die am

Feuer gegenüber sitzen, ein paar nichts unter ihrem Kleid anhaben, jedenfalls unten, und er meint, zwischen ihren Beinen was ganz Schwarzes gesehen zu haben. Frauen sollen da unten Haare haben, schwarze Haare, hat Simon gehört, aber gesehen hat er das noch nirgendwo. Bei Mechthild sind keine Haare dran, auch Sonja hat keine Haare da unten, Helga auch nicht, auch Hilde nicht, jedenfalls hat er nichts gefühlt, als er anfassen soll. Bei Männern soll es genauso sein, doch Simon weiß nicht, ob das alles stimmt. Beim ihm wächst nichts da unten, auch wenn er noch so genau sucht, auch bei Willi ist nichts zu sehen gewesen. Vielleicht ist das ja nur bei den Großen so. Simon findet es aufregend und sieht gerne rüber zu den Frauen, ob eine dabei ist, wo er wieder das Schwarze zwischen den Beinen sehen kann, ohne daß einer war merkt. Die Zigeuner kommen ein paarmal im Jahr, und Simon darf, wenn er da ist, ein Stück auf einem Wagen mitfahren, wenn sie wieder abziehen, bis weit aus dem Dorf raus. Je mehr die Mutter deshalb mit ihm schimpft und die anderen auch, umso lieber geht Simon zu den Zigeunern hin. Sie tun ihm leid, weil keiner sie haben will, weil alle Angst vor ihnen haben. Simon gefällt das nicht.

Nur einmal läßt Simon sich schlagen von einem Jungen, von Wilfried, ohne daß er sich wehrt und zurückschlägt. Er will sich einfach nicht mit ihm schlagen, irgendwie hat er keine Lust dazu, auch tun ihm seine Schläge nicht richtig weh. Er hat deshalb keine Lust, sich zu wehren, weil er Wilfried noch am Sonntag zufällig trifft, der Vater ist dabei, alles ist schön, und dann am nächsten Tag sich hauen? Simon will das nicht, will sich nicht wehren, weil dann vielleicht längere Zeit Krach ist zwischen ihm und Wilfried und das will Simon nicht. Er hätte bestimmt auch was abgekriegt, wenn er zurückgeschlagen hätte, weil Wilfried stark ist und auch nicht viel Angst hat.

Bei Frau Jonuscheit muß man aufpassen, wenn man sie ärgert, weil sie einem nachläuft. Ob sie einen hauen würde, weiß keiner, weil sie bisher noch keinen eingeholt hat. Simon weiß gar nicht, was er machen würde, weil er sich bisher noch nie gegen einen Erwachsenen gewehrt hat. Frau Jonuscheit ärgern sie damit, daß sie an der Klingelstange ziehen, die neben der Haustür in der Mauer ist. Manchmal dauert es lange, bis sie draußen ist, dann sind sie schon weit weg, und sie läuft erst gar nicht los. Aber manchmal reißt sie gleich die Tür auf und rennt schimpfend sofort hinter ihnen her, und wenn sie ihre Klumpen *(Holzschuhe)* anhat, hören sie hinter sich das Geklapper auf den Pflastersteinen. Oft verliert sie ihre Klumpen dabei, läuft dann ohne sie weiter. Jonuscheits sind reich, sie haben eine Fabrik, und die Bauern holen mit Kübeln, die auf Leiterwagen stehen, irgendeine Brühe ab, die ganz komisch riecht und die ihre Kühe oder Schweine zu fressen kriegen. Kurti kommt auf die Idee, eine Schnur an die Klingel zu binden, wenn es schon ein bißchen dunkel ist und dann von gegenüber dran zu ziehen. Sie müssen warten, weil noch ein Auto kommt. Drei- oder viermal kommt Frau Jonuscheit raus, vor dem letzten Mal stellt sie sich schon neben die Tür, das können sie erkennen. Sie ist sofort draußen und sieht die Straße rauf und runter, dann packt sie an die Klingel, erwischt die Schnur und läuft sofort über die Straße hinter der Schnur her. Simon und Kurti laufen weg, jeder in eine andere Richtung, das machen sie fast immer so, damit es schwer ist für denjenigen, der hinter ihnen her ist. Danach treffen sie sich wieder, wenn die Luft rein ist. Simon hört, daß auch andere schon Frau Jonuscheit mit der Schnur geärgert haben, aber sie scheint das immer zu vergessen.

Zum ersten Mal sieht Simon die Mutter weinen, als er aus der Schule kommt. Sie steht am Tisch, hat Gemüse in den Händen. Von ihrem Weinen hört Simon nichts, sie schneidet weiter mit dem Messer am Gemüse rum und weint. Ihre Mutter ist tot, seine Oma, die bei Hildes und Werners Kommunion zu Besuch gewesen ist. Simon will die Mutter gar nicht richtig ansehen, nur heimlich, von der Seite, weil er sie mit so einem Gesicht, wenn sie richtig weint, bisher noch nicht gesehen hat. Simon denkt an Browitz, wie der tot ausgesehen hat, ist noch mehr draußen jetzt, um nicht in das Haus der Oma in der Hauptstraße zu müssen, das ja nicht weit weg ist. Simon will nichts mit Toten zu tun haben. Wenn sie streifen gehen, klettern sie oft auf den Mauern des evangelischen Friedhofs herum und sind in den Feldern gleich neben dem katholischen Friedhof unterwegs, aber auf die Friedhöfe gehen sie nicht. Mit der Oma hat Simon nicht viel zu tun gehabt, und er vergißt sie bald.

Wie Burgen sehen die Mieten aus, und die meisten sind ziemlich hoch, aber nicht an allen Seiten ist das so. Oft ist es gar nicht so leicht, bis ganz nach oben zu kommen, weil an den Strohballen nichts zum Festhalten ist. An einer Seite liegt immer ein Haufen mit Spreu, vom Dreschen bleibt der übrig. Da ist schon mal einer reingefallen und drin erstickt, aber bei ihnen nicht, nicht in ihrem Dorf, doch alle wissen davon und erzählen sich das weiter. Keiner tut sich richtig weh beim Klettern in den Mieten, auch wenn man von ziemlich hoch ein Stück runterspringt, weil alles aus Stroh ist und weich. Die Bauern haben das nicht gern, wenn sie in den Mieten sind, weil sie Angst haben, daß sie alles durcheinandermachen. In den vielen Höhlen zwischen den Strohballen verstecken sie sich, und einer muß dann alle suchen, und wenn er einen erwischt, muß der mitsuchen nach den anderen. Zwischen den Strohballen gibt es oft Spalten, und wenn Simon ein gutes Versteck gefunden hat, legt er Stroh über die Spalten vor ihm, wie bei richtigen Falltüren. Die anderen machen das auch so, und keiner kann so gut aufpassen, daß er nicht mal nach unten fällt, bevor er denjenigen abschlagen kann, der sich da versteckt. Als Simon seine Brille verliert in einer Miete, suchen alle ein bißchen, doch keiner findet sie. Der Vater schimpft mit Simon und schickt ihn noch mal zu der Miete, damit er weitersucht. Doch die Brille ist weg, Simon kann noch so viel suchen. Bei einem Ringkampf ganz nah am Fluß fällt mal seine Brille ins Wasser, und gerade da war das ziemlich hoch, fast Hochwasser. Der Vater ist wütend, weil die Brille noch neu ist. Vom Bauern gegenüber holt er sich eine Kartoffelgabel, weil die keine spitzen Zinken hat und sucht damit vom Ufer aus im Wasser rum nach der Brille. Simon muß mit, weiß aber nicht mehr ganz genau, wo sie reingefallen ist, weil er ja nicht mehr so viel sieht ohne Brille. Deshalb wird der Vater noch wütender. Bei Reuers auf dem Heuboden kommt auch eine Brille weg, und wenn seine Brille ganz weg ist, nicht nur ein Bügel ab oder nur ein Glas raus ist, kann er ganz schlecht suchen und die anderen helfen meistens nicht richtig mit. Bis die neue Brille da ist, muß er nicht zur Schule, oder er geht hin und sitzt nur so da. Was an der Tafel steht, kann er lesen und sogar selbst dran schreiben, das kennt er noch von Lehrer Benner.

Um Frau Schreier macht Simon immer einen großen Bogen. Sie fängt auch mal wieder an, von der Partei zu reden und von seinem Vater, der da drin gewesen ist. Manchmal hat er immer noch ein bißchen Angst vor ihr, obwohl er weiß, daß sie ihm nicht mehr richtig was tun kann, weil er bestimmt schon stärker ist als sie. Er haßt sie jetzt mehr als früher, nicht so wie Browitz, aber schon ziemlich stark. Manchmal kommt Herr Strietz in die Klasse, wenn Frau Lanz nicht kommen kann. Der redet nicht über seinen Vater, ist freundlich, und Simon findet ihn gut. Bei Lehrer Strietz in der Wohnung baut er mit Alwin und noch anderen mit Gips und Zeitungs- papier, aus dem Herr Strietz einen weißlichen Brei macht, der danach hart wird, einen römischen Limes mit Wachtturm. Am Ende malen sie alles mit Farben an, und dann sieht es fast wie echt aus. Am nächsten

Tag bringt Herr Strietz den Limes mit in die Klasse und zeigt ihn rum.

Simon überlegt lange, ob er das Schwert holen soll, denn es sieht genau wie ein Schwert aus. Kein großes, wie er es in den Burgen gesehen hat, wohin sie Ausflüge machen. Es ist viel kleiner, aber es ist aus Eisen, ganz bestimmt ist es das, so viel kann er von oben beobachten, kein Holzschwert oder Stock oder so was ähnliches, mit dem Kurti und er und die anderen schon mal gegeneinander kämpfen. Immer wieder klettert er auf die Mauer, die ziemlich hoch ist, und sieht runter in den Hof neben ihrem Haus, wo das Schwert auf einer Kiste liegt. Keiner kümmert sich darum, es regnet drauf, liegt immer genau so, wie er es zuletzt gesehen hat. Immer wieder klettert er auf die Mauer, beobachtet den Hof und die Leute dort, den Bauern und alle, die da schon mal rumlaufen. Noch nie hat Simon was mitgenommen, was ihm nicht gehört. Als keiner zu sehen ist, klettert er schnell runter und holt das Schwert. Es ist wirklich aus Eisen, es sieht genau aus wie ein Schwert, nur eben viel kleiner, ist aber ziemlich stumpf, an den Seiten und auch an der Spitze. Beim Zurückklettern muß er gut aufpassen, daß es ihm nicht aus der Hand fällt. Simon hat ein schlechtes Gewissen, ihm ist jetzt ziemlich schlecht, er hat gestohlen, denn das Schwert gehört ihm nicht, er hat es weggenommen. Er versteckt es und wartet erst mal, was passiert. Keiner vermißt das Schwert, der Bauer kommt nicht rüber und fragt danach. Erst nach ein paar Tagen holt Simon das Schwert aus dem Versteck, doch keiner kümmert sich groß darum, auch der Vater nicht, der es kurz in die Hand nimmt und erklärt, daß es zu einem Gewehr gehört, was Simon aber nicht richtig versteht. Er nimmt es mal mit nach draußen, aber damit kämpfen tut er nicht, weil es aus Eisen ist und er damit anderen wehtun kann, anders als mit den Stöcken, mit denen sie sich schon mal an den Händen treffen, das auch wehtut, aber bestimmt nicht so weh wie mit dem Eisenschwert.

In den Ferien fährt ihn der Vater in das Dorf, wo sie wohnten, doch Sonja und Helga und ihre Eltern sind nicht mehr da, sind weggezogen, nicht so richtig weit, aber sie wohnen nicht mehr in dem Haus, wo auch Simon gewohnt hat. Bis zu ihnen ist es zu Fuß aber viel zu weit, auch mit dem Fahrrad ist es fast noch zu weit. Bei Willi verbringt er die Ferien, obwohl der ein paar Jahre älter ist, und der Vater fährt ihn bis vor das Haus von Tante Gertrud und Willi und Luise, die aber nicht da ist. Willi ist aus der Schule, lernt Tischler oder Schreiner in dem Ort, in dem sie immer einkaufen gingen. Doch oft ist er auch zu Hause, hat frei oder Urlaub. Ellen ist noch da, doch er trifft sie kaum noch, hat irgendwie ein bißchen Scheu vor ihr, doch sehen tut er sie ein paarmal abends, wenn es schon dunkel ist und Willi ihn mitzieht, um Ellen zu beobachten, wenn sie sich auszieht. Da gibt es eine Stelle, die hoch genug ist, daß sie in ihr Zimmer sehen können. Ellen hat immer Licht an, wenn sie sich auszieht. Simon sieht aber nicht so viel von ihr, jedenfalls nicht so viel wie Willi, der davon erzählt, was er alles sieht. Willi bleibt auch immer länger da stehen als Simon.

119

Fast immer fängt er jetzt eine Forelle, wenn er sich am Bach an die Böschung legt. Er muß nur lange genug die Hände ganz ruhig ins Wasser halten, dann spürt er auf einmal die Berührung von der Forelle, nur nicht gleich packen, weil sie so glitschig ist und wegrutscht, so lange warten, bis sie in der Mitte zwischen den Händen ist. Auch dann flutscht noch mal eine weg, aber oft hat er sie dann. Wenn er richtig mit den Händen zudrückt, wenn er sie draußen hat, ist sie schon tot, wenn nicht, schlägt er sie mit dem Kopf auf einen Stein am Bach. Kopf und Schwanz schneidet er ab, den Bauch schlitzt er auf und wirft das, was dann rausquillt, in den Bach. Mit dem Braten am Feuer klappt es nicht immer richtig, mal verbrennt die Forelle ziemlich, mal ist sie an manchen Stellen noch ziemlich roh, doch er ißt sie, jedenfalls das meiste davon. Mehr als eine Forelle braucht er auch nicht, fast besser noch schmecken die Kartoffeln, die er aus der Glut am Rand des Feuers holt. Zu lange kann er die Hände nicht in das Wasser halten, weil es so kalt ist und die Finger dann taub werden. Dann muß er sie wieder aufwärmen, oder er hört ganz auf mit dem Fangen.

Melken kann Simon jetzt besser, Margas Mutter macht es ihm wieder vor, deren Kühe er auch mal hütet, und jetzt kriegt er auch mehr Milch raus, und der Strahl kommt regelmäßiger aus den Zitzen, und die Kuh hält auch stiller als am Anfang.

Mit Willi schläft Simon zusammen in einem Bett, oben in der Kammer, wo draußen daneben der große Nußbaum steht. Das Bett ist so hoch, daß Simon richtig hochklettern muß, um reinzukommen. Er schläft an der

Wand, auch deshalb, weil Willi sonst, wenn er morgens früher raus will, über ihn drüberklettern muß. Willi hat Nick-Knatterton-Hefte, in denen sie lesen und sich gegenseitig was vorlesen, doch Willi schläft meistens schon ein, wenn noch das Licht an ist und Simon über ihn weg muß, um es auszumachen, doch davon wird Willi nicht mehr wach.

Wenn Willi nicht da ist, badet ihn Tante Gertrud wieder, wie sie das schon machte, als Simon noch im Dorf wohnt. Entweder weil er sich wieder dreckig gemacht hat, oder weil er schon ein paar Tage da ist und deshalb gebadet wird. Simon hat Angst davor, zieht sich ganz schnell aus, wenn das warme Wasser in der Wanne ist, wäscht sich ganz schnell, weil er Tante Gertrud oben hört, um wieder draußen zu sein und sich wieder anzuziehen, bevor sie wieder unten ist. Doch sie kommt schon die Treppe runter, er hört sie keuchen dabei. Simon schämt sich und setzt sich schnell hin in der Wanne. Tante Gertrud sagt wieder, daß sie Jungen doch so gerne wäscht *(„Ech wääschen Jöngelchen doch so cheern.")*, zieht wieder einen Schemel an die Wanne und wäscht ihm den Kopf und den Hals und die Ohren, dann den Rücken und die Brust. Dann muß er aufstehen, damit sie ihn überall waschen kann, auch den Pippimann und das kleine Ärschelchen, wie Tante Gertrud meistens sagt. Seinen Pippimann wäscht sie besonders gründlich, weil Jungen da schnell krank werden können, wenn nicht alles ganz sauber ist. Simon schämt sich noch mehr und hat es doch gern, was sie mit ihm tut. Es juckt ein bißchen in seinem Pippimann, wenn sie ihn anfaßt, der ein bißchen größer wird, und er weiß nicht,

121

was er jetzt machen soll. Tante Gertrud trocknet ihn danach nicht ab, jedenfalls nicht immer. Willi erzählt ihm, daß sie ihn nicht mehr wäscht, daß sie ihn aber auch gewaschen hat, als er noch so alt war wie Simon jetzt. Immer hat Simon Angst davor, wenn er weiß, daß Tante Gertrud ihn baden will, doch heimlich wünscht er sich, daß sie es tut. Manchmal zittert er richtig, wenn er hört, wie sie das heiße Wasser in die Wanne schüttet. Und als mal sein Pippimann wieder größer dabei geworden ist, sagt sie: „Ja, wat es dat dann, wat es dat dann?" *(„Ja, was ist das denn, was ist das denn?")*, und es hört sich fast so an, als ob sie mit ihm schimpft, aber sie schimpft nicht richtig. Was Willi manchmal macht, wenn er meint, daß keiner ihn sieht, klappt bei Simon nicht. Wenn Willi seinen Pippimann reibt, kommt bald was Weißes raus, wie Sahne. Das geht bei Simon nicht, er versucht es ein paarmal, doch es geht nicht, der Pippimann wird nicht groß, und dann tut es auch bald weh, und raus kommt auch nichts.

Tante Gertrud hat schöne Spiele, die holt sie abends raus, und sie liest immer noch aus Märchenbüchern vor, bevor sie nach oben gehen in die Kammer zum Schlafen. Tante Gertrud schläft neben der Kammer in einem großen Zimmer, und daneben ist noch ein kleineres Zimmer, in dem Luise schläft, wenn sie da ist. Bevor Willi und Simon nach oben gehen, schiffen sie im Stall ins Heu, neben den zwei Kühen, manchmal auf sie drauf, wenn sie gerade im Stroh liegen, doch das stört die meistens gar nicht.

Lehrer Benner besucht Simon auch mal. Der freut sich, sagt nicht viel, macht in der Klasse das Licht an, weil es schon dunkel draußen ist und zieht ihn an der Hand nach vorne. „Da hast Du gesessen", sagt er zu ihm, obwohl Simon das auch noch genau weiß.

Max nimmt ihn mit, weil eine Kuh gedeckt werden soll. Genau weiß Simon nicht, was das ist, aber dafür muß die Kuh zu einem Stier gebracht werden, der von hinten auf sie raufspringt und hinten bei ihr reinspritzt mit seinem Pippimann, den auch die meisten Tiere haben. Mindestens eine Stunde sind sie unterwegs mit der Kuh, Max vorne, Simon geht dahinter, über ganz zugewachsene Wege im Wald, die sonst keiner kennt, der nicht vom Dorf ist. Simon kennt sie alle noch. Als der Stier rauskommt aus dem Stall auf dem Hof, wo die Kuh steht, springt er sofort wie wild rauf auf sie, und Simon wundert sich, daß die das so aushält, weil der Stier ziemlich schwer aussieht. Dann rutscht der Stier schon wieder runter von der Kuh, und weil alles so schnell geht, kriegt Simon überhaupt nicht mit, wie das überhaupt funktioniert mit dem Decken. Max schlägt mit einem Knüppel auf dem Rücken der Kuh rum, weil das gut ist danach, sagt er dabei, doch eine Frau mit einem weißen Kittel, die wohl was zu sagen hat, schreit Max an und ist ziemlich wütend zu ihm.

Bei Max hilft Simon auch beim Heuen mit, meistens auf der Wiese oberhalb vom Haus von Tante Gertrud. Wenn er Max dahin gehen sieht, läuft er ihm nach und kriegt den zweiten Rechen, den Max immer dabeihat. In ziemlich geraden Reihen rechen sie das abgemähte Gras zusammen. Das liegt schon da, aber es muß umgerecht werden, damit es auch von der anderen Seite trocken und gelb wird.

Als Simon mal mit Marga allein in dem Zimmer ist, in dem auch gegessen wird, sagt sie nicht viel, schneidet mit der Schere an einem zusammengefalteten Stück Papier rum. Simon sieht ihr zu, und Marga schneidet zwei Hampelmänner aus, die am Kopf zusammenbleiben. Als sie die zwei Hampelmänner fertig ausgeschnitten hat, biegt sie einen davon in der Mitte ein bißchen hoch, legt alles auf ihre Hand und bläst in Abständen von oben drauf, daß der obere Hampelmann immer auf den darunter gedrückt wird. „Häste dat ad ens jesenn?" *(„Hast Du das schon mal gesehen?")* fragt sie Simon und bläst weiter auf dem oberen Hampelmann rum. Jetzt weiß Simon, was Marga meint, er hat davon gehört, daß Männer mit Frauen so was manchmal machen und ihm fällt ein, was Ellen mit ihm und Helga gemacht hat im Wald. Marga hat einen Freund, der kommt mit einem Motorroller, und wenn er da ist, sind sie meistens drinnen im Haus, in dem Zimmer ganz oben unter dem Giebel, wo das Licht immer lange brennt.

In dem kleinen Wäldchen am Hang, nicht weit von der Brücke weg, wo sie im Sommer immer baden, ist die Bude, wohin ein Mädchen aus dem Dorf da unten mit Jungen hingeht. Eigentlich ist es keine Bude, sondern nur ein kleiner Platz zwischen Büschen und Sträuchern. Willi zeigt Simon den Platz, er ist mit Gras ausgepolstert, sieht alles ziemlich weich und gemütlich aus. Hier läßt Almut mit sich vieles machen, sagt Willi, und Simon sieht sich den Platz genau an, aber er kann nichts Besonderes daran sehen. Almut kennt er nicht, weiß gar nicht, wie sie aussieht, sie soll rötliche Haare haben.

An bestimmten Tagen kommt der Bäcker mit seinem Auto ins Dorf, stellt sich ziemlich mitten auf den Weg und verkauft Brot und Mehl und Teilchen und noch andere Sachen. Simon kauft sich meistens von seinem Taschengeld, das ihm der Vater daläßt, ein paar Teilchen, Rosinenschnecken und Teilchen mit weißem Zuckerguß drüber.

Simon kann sich nur denken, wann der Vater ihn wieder abholt, den genauen Tag kennt er nicht. Er kommt immer alleine mit dem Auto, läuft dann zu den Höfen, und zum Schluß ist er kurz bei Tante Gertrud. Simon hat nicht viel mitzunehmen, er sieht, daß der Vater Tante Gertrud Geld gibt, wieviel es ist, kriegt er nicht mit. Und dann fahren sie auch bald los, und Simon weiß nicht, ob er sich freuen soll oder nicht, daß er wieder wegfährt.

Da ist einer in der Klasse, der eigentlich in eine andere Klasse gehen müßte, meint Simon, weil er viel größer ist und älter aussieht. Warum der sich plötzlich mehr um ihn kümmert, weiß Simon nicht. „Moskau" nennen ihn alle, weil sein Vater öfter in Rußland ist, in Moskau. Gernot heißt er richtig, und sein Vater hat was mit einer Partei zu tun, und deshalb fährt er öfter nach Moskau. Simon geht hin, als ihn „Moskau" einlädt zu sich nach Hause, doch es gefällt ihm nicht in der Wohnung. Die ist nicht weit von der Schule weg. Simon ist sowieso nicht gerne in fremden Wohnungen, ist lieber draußen, doch die Wohnung von „Moskau" gefällt ihm überhaupt nicht und seine Mutter, die auch da ist, gefällt ihm am wenigsten. Sie beobachtet Simon immer, lächelt immer und ist freundlich, wie Simon es nicht leiden kann, kümmert sich um alles, was er mit „Moskau" redet, mischt sich in alles ein. Von dem Kuchen, den sie hinstellt, ißt er wenig, und als er mal muß, will er wieder nach Hause, weil er auf einmal nicht auf den Abtritt der Frau will und die ganze Wohnung komisch riecht. Da schimpft ihn die Frau wütend aus: „Auf unser Klo willst Du wohl nicht, das ist Dir wohl nicht fein genug!" Simon geht trotzdem und besucht „Moskau" danach nicht mehr.

Bis in ihre Gasse rauf hört Simon die Kirmesmusik, sie macht ihn immer unruhig, er kann nicht zu Hause bleiben, läuft so oft er kann runter zum Platz an der Schule, der bis zu den Bäumen ganz vollgestellt ist mit den Buden, den Karussells, der Schiffschaukel und dem großen Zelt, in dem Kappellen spielen und abends die Großen tanzen. Geld für die Kirmes gibt ihm die Mutter, Zehnpfennigstücke, und wenn er sie aufgebraucht hat, läuft er nach Hause und bettelt die Mutter nach weiteren Groschen an. Meistens bekommt er noch welche, weil er oft Sachen mitbringt, die er gewonnen oder geschossen hat. Papierblumen, gelbe, rote, grüne, auch mal einen kleinen Stoffbären oder Klümpchen und Lakritzschnecken. Mit am liebsten ist Simon an der Schießbude. Mit einem Löffel legt der Mann, dem die Schießbude gehört, Pulver unten in das Loch, und wenn Simon genau trifft, fällt der Eisenkeil von oben runter und es gibt einen großen Knall, von dem alle erschreckt werden, die gerade vorbeikommen. Auch auf das kleine grüne Häuschen schießt Simon gerne. Wenn er die bestimmte weiße Stelle trifft, geht die Tür auf und raus kommt das „Männeken Piss" und schifft. Dann wird immer viel gelacht. Die weißen Röhrchen an den Blumenstengeln trifft Simon gut, doch meistens muß er zweimal oder sogar dreimal schießen, um die Blume zu kriegen. Er darf beim Zielen das Gewehr auf das Holzgestell legen, die Großen dürfen das nicht. Langweilig findet er die Raupe, bei der am Ende das Verdeck drübergeht und die Mädchen immer so quietschen. In die Überschlagschaukel darf er noch nicht, weil er nicht alt genug ist, deshalb schaukelt er mit den anderen Schiffschaukeln so hoch er kann. Ein Mann bringt es auf der Überschlagschaukel auf zehn Überschläge hintereinander. Der Mann, der die Schiffschaukel bedient, sagt Simon, daß er das auch schafft, wenn er ein bißchen größer geworden ist. Kurti geht nicht so oft auf die Kirmes, weil er nicht so viel Geld dafür hat, und Judith geht auch nicht gerne hin, denn er sieht sie ganz selten. Am Ende will Simon meistens noch was für die Mutter gewinnen und geht zu der Bude mit den vier Spielkarten, an der er sowieso vorbei muß. Wenn auf allen vier Karten, die aus Glas sind, ein Groschen liegt, zuckt das Licht immer von einer Karte zur nächsten. Gewonnen hat derjenige, bei dem das Licht stehenbleibt. Wenn Simon vier oder fünf Gewinnkärtchen zusammenhat, nimmt er einen kleinen Stoffhund oder einen Strauß mit bunten Blumen oder eine Pralinenschachtel und rennt die Böschung hoch und an der Lederfabrik lang nach Haus.

Hochwasser ist fast immer nur auf der anderen Seite vom Fluß, auf der Seite vom Fußballplatz, aber der steht nie unter Wasser, nur die Felder und Wiesen davor, wo es zum „Samba-Moor" und zum See geht. Oft läßt sich in den Scheunen und Ställen, wenn sie ein bißchen weg vom Hof liegen, eine Blechwanne finden. Auch mit Gummistiefeln bekommt Simon eigentlich immer nasse Füße, auch die Hose wird naß, manchmal bis zum Bauch, denn wenn Wasser in die Wanne reinkommt, geht sie oft ganz unter, wenn es eine tiefere Stelle ist, oder sie kippt um, aber meistens ist es ziemlich flach auf den Wiesen, und der Rand der Wanne bleibt über Wasser, wenn sie untergeht. Wenn sie eine größere Wanne erwischen, sind Simon und Kurti zusammen in einer unterwegs, dann müssen sie beide mit den Stöcken stochern und schieben. Weit kommen sie mit den Wannen nie, und auf den Fluß wagen sie sich nicht damit, denn seine Strömung ist ziemlich stark, und jetzt ist er bestimmt auch ordentlich tief. An einer von den langen weißen Wannen, die für die Kühe auf den Weiden da sind, dichten sie das Loch mit Lappen und Heu ab, doch das hält nicht und sie gehen damit so schnell unter, daß sie beide ganz naß werden dabei.

Keiner weiß, warum die Bäume quer über dem Fluß liegen, von einem Ufer zum anderen rüber, als Hochwasser ist. Alle Äste sind noch dran, an denen sie sich gut festhalten können, wenn sie zur anderen Seite rüberwollen. Die Bäume liegen durcheinander, und weil noch Blätter an den Ästen sind, ist es wie im Urwald. Unter ihnen fließt das Wasser, es ist dunkel, und wenn sie abends da rumklettern, ist es schwarz. Die Strömung zieht an den Ästen, die drinhängen. In der Mitte sind manche Stämme schon unter Wasser, dann müssen sie, um weiterzukommen, durch die Äste darüber weiterklettern. Schade, daß die Bäume nicht lange über dem Fluß liegenbleiben, weil Männer sie wegmachen und zersägen und dann wegfahren.

Immer bleiben Körner zurück, wenn die Bauern die Felder abmähen. Simon sammelt sie auf, hebt Ähren auf, die rumliegen, zieht die Schalen und die Haut von den Körnern, und wenn er genug davon in der Hand hat, ißt er sie auf. Manchmal ißt er so viel davon, daß er richtig satt ist und zu Hause nicht mehr viel zu essen braucht.

Nachmittags springen sie mal in ein paar Garben rein, die von den Bauern nach dem Mähen zu kleinen Haufen aufgestellt werden, in die sie reinkriechen und sich verstecken, daß nichts mehr von ihnen zu sehen ist. Einer fängt an damit, springt einfach auf den Garbenhaufen, um zu sehen, ob einer drin ist. Die anderen machen es nach, und wenn einer drin ist unter den Garben, hört man das an seinem Geschrei, wenn man draufspringt. Das Feld gehört einer Frau, die gar keine richtige Bäuerin ist. Abends rennt sie zu Simons Vater und schimpft, weil Simon ihre Garben platt gemacht hat. Simon kommt erst später nach Haus, der Vater sagt ihm, daß das nicht gut sei, was er da mit Kurti und den anderen gemacht hat und daß die Frau keinen Knecht hat. Wenn er schon so etwas macht, dann soll er sich wenigstens nicht dabei erwischen lassen, damit die Leute nicht anschließend sich bei ihm beschweren kommen. Vom Feld der Frau bleibt Simon danach weg.

Am schnellsten von den Mädchen ist Margrit, sie wohnt ziemlich die Gasse runter, gegenüber von Ludwig, nicht weit vom Mühlenbach. Beim Wettlauf ist sie eines von den wenigen Mädchen, die mitmachen dürfen. Gelaufen wird in einem Viereck, und der Anfang ist genau da, wo Margrit wohnt. Es geht die Gasse runter, dann die Mühlenstraße, die Wolfsgasse rauf, die Hauptstraßen lang, am Kaufladen vorbei und wieder rechts in die Gasse rein, in der Simon wohnt, wieder runter bis vor Margrits Haus. Einzeln läuft Simon am liebsten, aber sie machen auch Mannschaften, die um die Wette laufen. Alle, die mitmachen, können schnell laufen, am Anfang gewinnen oft andere als am Ende, wenn schon ein paar müde sind. Auf der Hauptstraße müssen sie am meisten aufpassen, daß gerade kein Auto kommt und um die Leute rumlaufen, wenn welche auf dem Bürgersteig stehen.

Von der Stelle aus, wo Simon meistens mit Ludwig sitzt, können sie die Landstraße raufsehen bis zum Friedhof. Wenn ein Lastwagen kommt, kriegen sie ihn früh mit, aber auch, wenn einer die Hauptstraße fährt. Da hören sie ihn noch besser, weil es da viel lauter klingt. Die Marke schreiben sie auf und das Nummernschild. Mit der Marke ist es einfach, doch bei den Nummernschildern geht es nicht immer so leicht, vor allem, wenn sie dreckig sind oder verbogen. Entweder schreibt Ludwig und Simon ruft die Nummer oder umgekehrt, und dann schreibt der andere die Nummer ab, damit auch auf seiner Liste alle Lastwagen drauf sind. Am besten gefallen ihnen die Büssings und die MANs, weil sie oft so groß sind und toll klingen und sie hören den Motor noch lange und auch noch, wie der Fahrer schaltet und wie der Klang kurz aufhört und dann weitergeht. Manchmal lachen die Fahrer und winken. Dem Vater zeigt Simon die Listen und sammelt sie.

Drachen, mit denen man auf den Feldern losläuft, damit sie steigen, kann Simon noch nicht so gut bauen wie Werner oder der Vater oder andere, die älter sind. Auch Onkel Oskar und Bernhard bauen gute. Simon hilft mit, wenn die Leisten geschnitten und das bunte Papier gefaltet und alles so festgemacht wird, daß es hält. Am Ende kommt der Schwanz mit den vielen Papierschleifen dran. Simon darf auch zwischendurch mal den Griff halten, wenn der Drachen oben ist. Am Anfang ist er erschrocken, wie stark der Drachen zieht, wenn der Wind gut bläst. Ist er erst mal oben, muß man nur gut festhalten, mit beiden Händen den Holzgriff halten, links und rechts von der Kordel. Der Drachen ist manchmal so hoch, daß er richtig klein aussieht und wenn Simon den Griff ein bißchen hin- und herschwenkt, dann macht der Drachen kleine Kurven am Himmel. Die Großen schicken Briefchen rauf, dafür stecken sie kleine Papierzettel auf die Kordel, und der Wind bläst sie dann nach oben. Später, wenn der Drachen wieder unten ist, sind die meisten Briefchen noch dran, bis zu dem Knoten unter dem Drachen sind sie hochgerutscht. Simon schickt auch, wenn er darf, Briefchen rauf, aber draufschreiben tut er nichts. Wenn der Wind ziemlich stark ist, verlängern die Großen die Kordel manchmal, dann muß einer festhalten und der andere knotet die neue Kordel an die alte ran. Wenn die Kordel mal reißt, wird sofort hingerannt in die Richtung, wohin der Drachen fliegt, damit ihn nicht die Jungen vom Nachbardorf kriegen und kaputtmachen, die alles sehen und auch dahin laufen, wo der Drachen runterfällt. Mit den Jungen aus den Nachbardörfern gibt es oft Krach, nicht nur wegen der Drachen, aber wenn ein Drachen abreißt von der Kordel, wollen ihn die anderen immer haben, sie selbst machen das auch so. Dabei gibt es manchmal auch Hauereien, sogar unter den Großen. Simon holt lieber den eigenen Drachen zurück, bevor ihn die anderen kriegen, rennt nicht so gern hinter den Drachen von denen her, dafür müssen sie nämlich aufpassen und warten, daß denen mal einer abreißt und der Wind auf sie zukommt. Bis ins Dorf sind schon Drachen getrieben, doch so weit wagen sich die aus dem anderen Dorf nicht rein, weil sie Angst davor haben, Schläge zu kriegen.

Von Tante Wilhelmine hört Simon zuerst, daß der Klapperstorch ein Brüderchen gebracht hat und er weiß nicht, ob er sich darüber so freuen soll wie die anderen. Er merkt schon bald, daß sich alles um das neue Brüderchen dreht und sich um ihn selbst nur selten noch einer kümmert. Der Vater ist öfter zu Hause, Leute aus dem Dorf kommen sie besuchen, und Simon ist froh, wenn er draußen ist und nicht zum Einkaufen in die Hauptstraße geschickt wird. Heinz-Hinrich heißt der neue Bruder, alle rufen ihn aber bald nur noch Hinrich. Er liegt mitten auf dem Tisch, Mutter macht ihn sauber, wenn er zu stinken anfängt und packt ihn in neue Windeln. Wenn Simon mal was essen will, ruft die Mutter oft, daß die Sachen für Hinrich bestimmt sind und nicht für ihn. Bei Bananen ist das besonders schlimm. Immer soll Hinrich sie kriegen, dabei kann der sie noch nicht mal richtig essen, denn vorher müssen sie ganz zermatscht werden. Und ständig kriegt er die Flasche, alles riecht nach ihm, überall stehen Sachen von ihm rum und dauernd macht er in die Windeln. Simon ist nicht mehr so gern zu Haus wie vorher. Auch wenn Hinrich gebadet wird, in einer Wanne mitten auf dem Tisch, hat Simon nirgends mehr Platz. Der Vater macht Fotos von Hinrich, wenn er nackt auf dem Handtuch liegt und schreit oder lacht. Simon weiß nicht viel mit ihm anzufangen, reden geht nicht, alles ist winzig klein an ihm, Fingerchen, die aussehen, als ob sie abbrechen, wenn sie einer anfaßt. Im Kinderwagen schiebt er ihn vor dem Haus durch die Gasse, und als es steiler wird, läßt er los, rennt dann, als der Wagen anfängt runterzurollen, hinterher, um ihn wieder festzuhalten. Hinrich merkt nichts davon, quäkt oder schläft einfach, jedenfalls sieht es so aus. Ein paarmal muß Simon ordentlich hinterherlaufen, weil er länger wartet, bevor er losrennt. Dann hört er aber lieber auf damit, denn wenn er den Wagen nicht mehr einholt, knallt der unten gegen die kleine Mauer am Mühlenbach oder kippt vielleicht vorher um.

Bei Onkel Johann und Tante Wilhelmine ist es meistens langweilig. Onkel Johann arbeitet bei der Bahn, auf der anderen Seite vom Feld, die Fabrik ist nicht weit weg, und im ganzen Haus ist kein Junge, mit dem Simon spielen kann. Nur alte Leute wohnen da, auch in den anderen Häusern, und es ist ein altes Haus, es riecht komisch, überall, irgendwie riecht es nicht gut, auch in der Wohnung von Onkel Johann und Tante Wilhelmine. Simon läuft draußen rum, es gibt kaputte Häuser, ein paar davon ganz nah, aber ein bißchen weiter weg gibt es Stellen, wo alle Häuser kaputt sind, nur noch Mauern stehen da mit den Löchern drin, wo vorher mal die Fenster waren. Da sind Bomben draufgefallen, hört Simon und stellt sich vor, daß das für die Leute, die in so was wohnen, gefährlich sein muß. In seinem Dorf gibt es keine kaputten Häuser vom Krieg. Bomben sind nur für Städte und Fabriken bestimmt gewesen, sagt Onkel Johann, mit dem er, wenn er nicht bei der Bahn arbeitet, in seinen Garten geht, an dem an allen Seiten Züge vorbeisausen, meistens Güterzüge, mit den großen, schwarzen Lokomotiven vorne dran. Die Lokomotiven sind das Beste an Onkel Johanns Garten, Simon muß immer nach ihnen sehen, wenn er sie von weitem rankommen hört. Sie sind meistens viel größer als die Lokomotiven, die im Bahnhof vom Dorf anhalten und über seine Kupferpfennige fahren, die er schon mal auf die Schienen legt. In der Stadt gibt es einen Hexenturm, und da ist eine große Wiese, zu der Onkel Johann mit einem Handwagen fährt und Schafköttel holt als Dünger für seinen Garten. Simon schämt sich ein bißchen, wenn Leute sie dabei beobachten, wenn er Onkel Johann dabei hilft und den Wagen zieht oder auch mal die Köttel auf den Wagen schaufelt. Am besten schmecken ihm die schwarzen Johannisbeeren, aber manchmal sind es auch die roten, und von den dicken Stachelbeeren ißt er am liebsten diejenigen, die schon etwas gelb geworden sind und im Mund platzen, wenn er nur ein bißchen mit der Zunge draufdrückt. Manche Züge bimmeln, oder Simon hört die Dampf- pfeife, wenn sie vorbeifahren und Onkel Johann sieht hin und winkt, weil ihn manche Lokomotivführer ken- nen, denn er repariert ja ihre Lokomotiven.

Mit dem Schienenbus fährt Onkel Johann vom Bahn- hof in der Stadt raus zu einem kleineren Bahnhof. Da steigen sie aus und gehen dann über die Schwellen bis zum nächsten Bahnhof. Onkel Johann kontrolliert, ob alles mit den Schienen und dem Schotter in Ordnung ist. Simon kontrolliert mit, doch er sieht nichts, was nicht in Ordnung ist. Onkel Johann findet auch nichts, was er melden muß, auch wenn er mal etwas näher hin- sieht. Ein paarmal müssen sie vom Gleis runter, weil ein Schienenbus kommt, dann laufen sie weiter. Simon versucht, von Schwelle zu Schwelle zu treten, doch das ist schwierig, weil sie so weit auseinander sind, oder er balanciert über die Schienen. Auch Züge mit Dampflo- komotiven kommen, und die gefallen Simon viel besser als der Schienenbus, mit dem sie am Nachmittag wieder zurückfahren.

Nirgendwo ist es so still in der Nacht wie bei Onkel Johann und Tante Wilhelmine. Simon schläft für sich allein in einem ganz hohen Bett, aus dem er mal im Schlaf runterfällt auf den Boden. Sofort ist Tante Wilhelmine da, aber Simon hat sich nichts getan. Onkel Johann sagt nie viel, und Tante Wilhelmine lächelt ihn meistens nur an. Simon ist immer froh, wenn ihn der Vater wieder abholt. In der Stadt sieht Simon, wenn er daran denkt, heimlich nach dem Mann, der den Vater mal so ausschimpfte, aber der taucht nirgendwo auf.

In der „Villa" kennt sich Kurti am besten aus, doch auch Simon weiß fast genauso gut, wie man reinkommt und wie es in die Räume und in den Keller geht. Richtig große Bäume, wie Simon sie aus dem Wald kennt, stehen da nicht, viel zu klettern gibt es da nicht, doch alles ist zugewachsen wie im Urwald, überall Sträucher und kleine Bäume, alles durcheinander, und sie müssen aufpassen, nicht reinzufallen in ein Loch im Boden, das auf einmal da ist, wo man nicht damit rechnet. Da unten ist der Keller von der „Villa", und der ist viel größer als das Haus oben drüber, das ziemlich kaputt ist. Die Sträucher wachsen auch in den Zimmern, nichts ist mehr ganz, und rausholen zum Mitnehmen können Kurti und Simon nichts, eigentlich finden sie von Anfang an nie etwas, mit dem sie was anfangen können. Die „Villa" ist manchmal ihr Treffpunkt, einfach so, und von da aus streifen sie dann weiter. Meistens ist Kurti vor Simon da, und Kurti wartet nicht vor der „Villa" auf ihn, sondern kommt auf einmal, ohne daß Simon ihn oft zu hören kriegt, aus den Sträuchern raus. Kurti kann schleichen, ist ganz leise, und das gefällt Simon, deshalb ist er am liebsten mit Kurti unterwegs, weil Simon das kennt, weil Simon auch immer leise unterwegs ist. Die „Villa" hat mal Juden gehört, doch warum das Haus jetzt kaputt ist und sich keiner darum kümmert und wo diejenigen hin sind, denen es gehört, weiß Simon nicht, auch Kurti weiß nichts darüber. Keinmal treffen sie auf Leute in der „Villa", und von den anderen Jungen taucht auch kaum einer auf, vielleicht mal Alwin oder auch mal Ludwig, aber sonst traut sich eigentlich keiner in die „Villa" rein. Nicht weit weg davon wohnt Judith, jedesmal sieht Simon ihr Haus, wenn er zur „Villa" will, jedesmal sieht er hin, und jedesmal hat er ein Kribbeln im Bauch, doch Judith sieht er nicht, sieht überhaupt keine Leute, die in das Haus gehen oder rauskommen, und ihre Eltern kennt er nicht, den Vater sieht er mal, aber nicht am Haus, und er kommt Simon unheimlich vor, hat einen dunklen Hut auf, das ganze Haus ist für Simon merkwürdig, so dicht am Fluß, aber das Hochwasser kommt nicht bis zu ihm hin.

Nach dem ersten Fleißkärtchen will Simon noch mehr davon haben. Dafür muß er den Katechismus auswendig lernen, nicht alles, nur das, was gerade der Dechant drannimmt. Simon kann alles auswendig aufsagen, wenn er drankommt. Das gefällt dem Dechant, und deshalb kriegt Simon immer Fleißkärtchen dafür, hat schon viele davon zusammen. Mit dem Dechant kommt er gut aus, deshalb will er später auch mal Pfarrer werden und kauft ein Kreuz für die Wand, ein kleines nur, und auch ein Weihwasserschälchen, das auch an die Wand kommt, neben der Schlafzimmertür. Das Geld dafür kriegt er von der Mutter, zu kaufen gibt es alles in dem Geschäft vor der Schule, wo Simon auch

seine Schulhefte kauft. Weihwasser kriegt er vom Dechant. Aber dann passiert etwas, das Simon dem Dechant nie vergessen kann. Er nimmt Hinrichs kleine
Negerpuppe mit in den Katechismusunterricht. Die
Puppe ist ganz schwarz und hat keine Arme und keine
Beine mehr, weshalb Simon sie gut von unten durch die
Stelle in der Bank, wo sonst das Tintenfäßchen steht,
jetzt aber ein Loch ist, nach oben schieben kann. Als
die Klasse die Negerpuppe aus der Bank rauskommen
sieht, schreit sie los vor Lachen, und der Dechant sieht
das auch sofort und schlägt Simon ganz fest mit beiden
Händen und hört lange nicht auf damit, auch wenn
Simon den Kopf einzieht und die Arme drüberlegt.
Simon schämt sich, daß er vor allen so gehauen wird.
Daß ihn der Dechant, der sonst so viel vom lieben Gott
und vom Paradies und von Feinden, die man lieben
soll, erzählt, ihn so schlagen kann, versteht Simon
überhaupt nicht. Er ist böse auf den Dechant, der ihn
so enttäuscht, obwohl der ihm bald danach wieder
Fleißkärtchen gibt, auch wenn Simon nicht mehr richtig
auswendig lernt. Um das Kreuz und das Weihwasserschälchen zu Hause kümmert er sich nicht mehr, und
auf einmal ist die Wand wieder leer an der Stelle. Simon
weiß nicht, wer es runtergemacht hat, und es ist ihm
auch egal. Und Pfarrer will er auch nicht mehr werden.

Viel Schnee gibt es nicht, und so lange wie im Dorf,
wo Simon herkommt, bleibt er sowieso nicht liegen.
Nicht ein einziger richtiger Berg ist in der Nähe, nirgendwo ist es so flach wie hier, nicht nur beim Dorf,
auch nach allen Seiten ist es flach, bis zu den nächsten

138

Dörfern, und auch hinter denen gibt es keine Berge. Wenn mal genug Schnee liegt, geht das Schlittenfahren nur die Gasse runter, wo Simon wohnt, nicht gleich am Haus, sondern ein Stück weiter, wo es runtergeht zum Mühlenbach. Aber das ist nicht lang, richtig fahren geht da nicht, nur eine ziemlich kurze Strecke, dann ist man schon an der Mühlenstraße und der kleinen Mauer, bei der man aufpassen muß, daß man nicht dagegenknallt. In der Kirchstraße und in der Wolfsgasse könnte man auch fahren, doch weil da schon mal ein Auto kommt, bleibt Simon lieber in seiner Gasse. Für Ludwig ist das gleich vor dem Haus, in dem er wohnt. Wenn Simon auf seinem Schlitten sitzt, weil er genug vom Schlittenfahren hat, denkt er an das Dorf von früher zurück und sehnt sich ein bißchen danach, nach Sonja und dem vielen Schnee und dem langen Weg mit der S-Kurve, wo er mit dem Vater rausflog. Und auch an Tante Gertrud denkt er dann und daran, wie sie ihn in der Wanne wäscht. Noch immer schafft er es nicht, Sahne rauszukriegen, wie Willi das kann. Bei Klimmzügen ist das schöne Gefühl immer noch da, aber nicht jedesmal.

Kurti hat keinen eigenen Schlitten, beim Schlittenfahren die Gasse runter ist er nie dabei. Dafür schmeißt er sich sofort in den Schnee und macht den Hampelmann, wo der Schnee noch ganz weiß ist und keine Spuren hat. Wenn er dann aufsteht, sieht die Figur im Schnee wie ein Engel mit großen Flügeln aus.

Immer kommt Tante Gudrun hinter ihm her, ohne daß er sie hört. Mit dem Kopf wackelt sie, mit den Armen, mit den Händen, eigentlich wackelt an ihr alles, nicht die ganze Zeit, aber doch ziemlich oft und ihr Mund steht immer offen. Sie ist krank, sagt die Mutter, wohnt auch in dem dunklen Haus in der Hauptstraße, wo unten der Laden ist und wo die Oma wohnte, die gestorben ist. Simon geht nur hin, wenn er muß. In den langen Gängen, die keine Fenster haben, schleicht Tante Gudrun rum, und immer paßt sie auf, daß Simon nichts anstellt, faßt ihn am Arm an, was Simon nicht leiden kann, er sowieso nicht leiden kann, wenn ihn Leute anfassen, ohne daß er das will. Manchmal schenkt sie ihm Klümpchen oder Lakritz oder sonstwas zum Schnuppen, aber wenn er im Laden ist, weil er was einkaufen soll, kriegt er meistens nichts von Onkel Eduard und Tante Margot oder Tante Lina, die schon mal mithilft. Im Laden hat Tante Gudrun nichts zu sagen, deshalb bleibt sie meistens draußen. Oft liegt sie oben im Fenster, von dem sie alles sieht, was auf der Hauptstraße los ist, und auch da wackelt sie meistens mit dem Kopf.

Nur gut, daß Simon Gummistiefel anhat und alles schlammig und rutschig ist, als ihn der kleine Waggon vom hinten am Fuß erwischt. Er kriegt einen Stoß gegen den Stiefel und fliegt in den Dreck neben den Gleisen. Wenn die Arbeiter nicht da sind, schieben sie einzelne leere Wagen, die nach beiden Seiten abkippen können, so weit wie möglich nach oben, lassen los und springen drauf und fahren dann runter und auf der anderen Seite ein Stück wieder rauf und von da wieder nach unten, bis der Wagen stehenbleibt. Einmal knallt ein Wagen auf einen anderen und kippt halb um, doch vorher sind alle schnell abgesprungen. Nicht weit davon laufen Förderbänder mit Dreck drauf, die aber mit den kleinen Waggons nichts zu tun haben, glaubt Simon. An einer Stelle können sie raufklettern und auf das Förderband springen, mitten auf den Dreck, der drauf liegt, und ein Stück mitfahren. Richtig schnell ist das nicht, aber trotzdem müssen sie aufpassen und da, wo der Dreck auf das andere Band nach unten fällt, vorher auf die Böschung abspringen, manchmal mit Kussel-kopp, weil es da knubbelig ist und man nicht richtig laufen kann. Alles gehört zu der Fabrik, meint auch Kurti, die sie vom See gut sehen können, jedenfalls die hohen Schornsteine.

Ein bißchen aufgeregt ist Simon schon, als ihn der Vater zur Aufnahmeprüfung für das Gymnasium in die Stadt fährt. Frau Lanz drückt ihn an sich, als sie davon hört, und dieses Mal hat Simon nichts dagegen, daß er gedrückt wird. Es gibt ein Diktat, er muß einen Aufsatz schreiben und eine Menge Rechenaufgaben lösen. Sie sind nicht sehr viele in dem Raum, jedenfalls viel weni-ger als in seiner Klasse, und die meisten von ihnen sind Jungen. Aus seiner Klasse ist keiner dabei, das hätte er bestimmt auch vorher gewußt. Danach muß er zum Direktor, wo noch andere Lehrer sitzen und noch ein paar Fragen beantworten. Dann darf er wieder raus auf die Straße. Sie bleiben in der Stadt und warten, weil alle noch wissen sollen, ob sie bestanden haben. Nach un-gefähr zwei Stunden gehen Simon und der Vater wieder hin zum Gymnasium, und Simon muß bald wieder zum Direktor, der ihm sagt, daß er die Prüfung bestanden hat. Dann spricht der Direktor noch mit dem Vater, aber nicht lange. Mehr als Simon freut sich der Vater darüber, daß er die Prüfung bestanden hat und geht mit ihm in die Buchhandlung, wo der Vater oft Bücher kauft und schenkt ihm „Der Kampf ums Matterhorn" und „Die Schatzinsel". Simon sieht sich die Schule beim Vorbeigehen noch mal genau an, und sie gefällt ihm von außen nicht, von innen ist sie auch nicht schön, sie ist so groß, gleich an ihr vorbei fahren die Autos, und der Schulhof ist gepflastert und mit Teer gemacht, und Bäume gibt es nur ziemlich kleine, jedenfalls keine zum Klettern. Er wird alleine sein auf dem Gymnasium, keiner aus seiner Klasse kommt mit. Er denkt ganz stark an Judith, neben der er nicht mehr sitzen kann, wenn er sich gut aufgeführt hat, auch nicht mehr neben Magdalene, zu der er auch schon mal rüber darf. Und Kurti, Alwin, Ludwig und die anderen? Warum soll nur er auf das Gymnasium? Simon hat jetzt fast mehr Herzklopfen als vor der Prüfung.

Der Anhänger hat vorne ein kleines Führerhaus, jedenfalls sieht es so aus, mit Glasfenstern, aber es ist nur zum Sitzen gemacht. Mit der Mutter und Hilde und Werner sitzt Simon da drin, Hinrich ist mit dabei, aber der kann noch nicht raussehen, weil er so klein ist und noch im Kinderwagen liegt, der auch in dem Führerhaus mit den Glasfenstern steht und von der Mutter und Hilde festgehalten wird. Der Vater ist nicht bei ihnen, sondern fährt mit seinem Auto alleine, weil er noch viele Sachen erledigen muß. Sie ziehen um, ziemlich weit weg, bis dahin, wo die Firma vom Vater ist, für

142

die er bisher schon gearbeitet hat. Der Möbelwagen kann nicht umdrehen in der Gasse, deshalb fährt er mit dem Anhänger, in dem sie sitzen, bis zum Mühlenbach runter, ganz langsam, weil es so eng ist, und dann weiter bis zur Neustraße, die so breit ist, daß am Ende der Anhänger die Kurve auf die Hauptstraße schafft. Sie kommen dabei ziemlich nah am Platz vor der Schule vorbei, und Simon sieht hin, ob er jemand erkennen kann, doch es ist keine Pause gerade und keiner ist draußen. Noch geht er nicht aufs Gymnasium, geht immer noch auf die Schule dort zwischen den Bäumen. Als sie ganz langsam auf die Hauptstraße abbiegen, sieht Simon ein Mädchen an der Ecke stehen, es sieht hoch zu ihnen, doch Simon kann nicht erkennen, wer es ist und ihm wird ganz schlecht dabei. Die Kirche ist jetzt auf der rechten Seite, dann bald die Wolfsgasse, dann ihre Gasse. Und dann sind sie aus dem Dorf raus.

Es ist eine ziemlich lange Fahrt, ein paarmal halten sie an, und die Mutter hat was zu essen und zu trinken im Korb. Sie fahren ins Ruhrgebiet, in eine Großstadt. Simon ist immer noch ein Kind, ein Junge. Und seine Kindheit ist noch nicht zu Ende, sie wird sich in der großen Stadt nun fortsetzen. Doch das ist eine ganz andere Geschichte.

Nachwort

Später, mit den Augen des Erwachsenen, blickt Simon auf eine wundervolle, eine einzigartige Kindheit zurück, deren Verlauf er nicht sich selbst, sondern den Menschen zu verdanken hat, die jene frühen Jahre seines Lebens mitbegleiteten und mitgestalteten. Die Eltern, natürlich, dann die Geschwister und die vielen, vielen anderen, weil sie einfach zu dieser Zeit dort waren, wo auch Simon war. Was er erlebte in seinen Kindertagen, sind Dinge, die das Leben bereithält und hergibt für die Menschen, wenn es Gelegenheit dazu erhält und die Umstände danach sind, für den einen mehr, für den anderen weniger. Niemand tat ihm wohl unrecht, niemand verletzte ihn wirklich, nicht am Körper und nicht an der Seele. Vermeintlich Abstoßendes, Verstörendes erweist sich häufig als hilfreiche, mitunter unvermeidbare, ja, auch wünschenswerte Handreichung für das Verständnis und das Verstehen des Lebens samt seiner nicht selten wunderlichen Eigenartigkeiten und Gesetzmäßigkeiten, so wie es bei Simon geschah und gewiß auch bei allen und mit allen, die um ihn waren und an seinem Leben teilhatten, jeder auf seine eigene Weise. Niemals wird er - neben den vielen anderen großen und kleinen Abenteuern und Erlebnissen - jene Momente vergessen, als sich vor ihm das geheimnisvolle Reich des Eros aufzutun begann und ihn atemlos machte, als ihn zum ersten Mal Hände berührten und ihm ein ungeahntes, unbekanntes Lustempfinden schenkten; weibliche Hände, Hände von Mädchen, älter als er, doch damals im Grunde wohl immer selbst noch ein Kind.

Und bisweilen denkt Simon auch an den schwarzen Soldaten, der seinerzeit vielleicht verhinderte, daß das Gehöft im Bergischen Land in Schutt und Asche gelegt wurde und dadurch die Menschen dort vor Schrecklichem bewahrte, der Simons weiteres Leben vielleicht überhaupt erst möglich machte.

Nicht allen, denen Simon Dank schuldet für das Glück seiner Kindheit, vermag er gerecht zu werden, doch bei den für ihn wichtigsten Menschen will er es versuchen und sie beim Namen nennen. Sie alle sind unauslöschlicher Teil der ersten Jahre seines Lebens, sie alle - die damals kleinen wie die großen, die jungen wie die älteren - nahmen Einfluß darauf. An verschiedenen Orten, zu unterschiedlichen Zeiten und alle auf ihre besondere Art. Weil ihr Wesen so war, weil sie es so wollten oder weil sie nicht anders konnten:

Mutter Johanna, Vater Robert, Lehrer Reinhard Henne, Lehrerin Hiltrud Lentzen, Lehrer Christian Strick, Albert, Anita, Anna, Annelie, August, Tante Berta, Brunhild, Christiane, Claire, Einhard, Erhard, Gerd, Gerhard, Günter, Hans, Hans-Udo, Harald, Heiner, Heini, Herbert, Hertie, Hildburg, Ingrid, Irmgard, Josef ("Kanönche"), Josef ("Juckei"), Karin, Manfred 1, Manfred 2, Maria, Marie-Luise, Marlene, Marlies, Otto, Werner, Willi, Wolf-Dieter, Wolfgang 2 … und der fremde schwarze Soldat.

… und Simon ist Wolfgang

(Gegen den Vater wurde nach dem Krieg ein Entnazifizierungsverfahren eröffnet, aus dem er als freier, unbescholtener Mann hervorging.)

Weitere Veröffentlichungen des Autors:

Schneewinter
(Wolfgang Brammen)
Novelle (128 Seiten, € 7,80)
Verlag BoD, Norderstedt
ISBN 3-89906-349-X

Wind, der übers Wasser streicht
(Wolfgang Brammen)
Roman (342 Seiten, € 19,90)
Verlag BoD, Norderstedt
ISBN 978-3-8391-7277-3)